KB051038

미래세계 구출

刘慈欣少年科幻科学小说系列(全五册)

BY 刘慈欣 (Liu Cixin)
All rights reserved
Korean copyright © 2019 by Jaeum & Moeum Publishing Co., Ltd.
Korean language edition arranged with Guangxi Normal University Press Group Co., Ltd.
through Linking-Asia International Inc.

미래세계 구출

류츠신 지음

김지은 옮김

㈜자음과모음

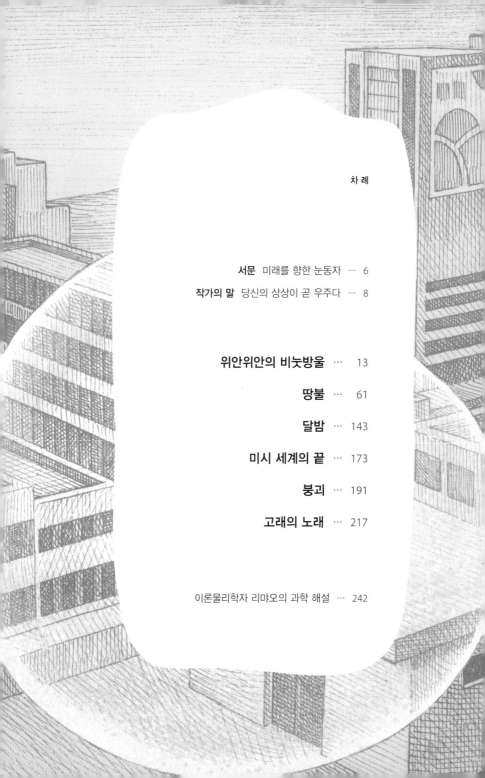

차 례

미래를 향한 눈동자

'류츠신 SF 유니버스' 시리즈에 과학 지식을 해설할 수 있어서 정말 영광이다. 해설을 쓰기 위해 글을 읽을 때마다 참으로 신선하고 기발하다는 생각이 들었다.

류츠신은 중국 SF 분야에서 독보적인 존재다. 물론 그가 집필한 『삼체』가 SF계의 노벨상이라 불리는 휴고상을 받았기 때문만은 아니다. 그의 작품은 확실히 남다른 데가 있다. 여타 SF와 달리 류츠신의 작품은 최신 물리 지식이 잘 반영돼 있고, 그 지식을 뛰어 넘는 풍부한 상상력이 담겨 있다.

이미 많은 사람이 『삼체』에 관해 다양한 관점으로 해석하고 장점을 밝혔지만 사실 이 모든 장점은 류츠신이 집필한 다른 작품에서도 만날 수 있다. 이번 시리즈는 다채로운 이야기를 담고 있다. 만만치 않은 규모를 배경으로 설정하고, 시간과 공간의 상상을 다루기도 하며, 문명의 가능성을 이야기하거나 사랑을 주제로 하기도 한다.

류츠신의 작품을 한마디로 표현하자면 기발한 상상력과 독창적인 사고라고 할 수 있다. 그는 다양한 소재로 이야기를 만들 뿐만 아니라, 과학이 규정한 경계에 얽매이지 않고 공상에만 빠져 있지도 않다.

어떤 이들은 류츠신이 이야기는 잘 풀어 가지만 인물 묘사가 부족하다고 말하기도 한다. 작가 역시 자신의 단점을 모르지는 않을 것이다. 그러나 그는 소설 속에 등장하는 인물은 하나의 매개체일 뿐이며, 이야기 자체와 '어떤 사건이 미래에 일어날 가능성'을 더 중요한 문제로 생각하는 것 같다.

이야기에 나타난 것들 가운데 극히 일부는 진짜 우리의 미래로 나타날지도 모른다. 그러나 예언은 결코 공상 과학이 지향하는 목적이 아니다. 상상력을 자극하는 것이 공상 과학이 추구하는 목적 중 하나라면 나머지는 무엇일까? 그것은 바로 우리가 미래를 위해 최선을 다하고, 최악을 막기 위해 준비하는 것이라고 생각한다.

이론물리학자 리먀오

당신의 상상이 곧 우주다

2013년 12월, 달탐사위성 '창어 3호'의 발사를 보기 위해 시창(西昌) 위성발사센터에 갔다. 나는 당시 시창으로 가는 비행기에서 초등학교 5학년 학생들을 만났다. 그 아이들도 나처럼 발사 현장으로 가는 길이었다. 발사를 마치고 돌아가는 길에는 아까 그 학생들보다 더 어린 초등학교 1학년쯤으로 보이는 아이들을 만났다. 나는 이 아이들의 눈에서 새로운 일에 대한 흥분과 호기심, 그리고 미래에 대한 희망과 기대를 엿보았다.

1970년 4월, 허난성 루산현의 한 마을에서 어른, 아이 할 것 없이 다 함께 맑은 밤하늘을 바라본 적이 있다. 칠흑처럼 까만 하늘에 밝게 빛나는 작은 별 하나가 천천히 날아갔다. 그것은 중국이 최초로 쏘아 올린 인공위성 '둥팡훙 1호'였다. 날아가는 위성을 보고 있자니 알 수 없는 감정이 들었다. 우주를 향해 날아가는 인공위성이 다른 별들과 부딪힐까 걱정됐다. 몇 년이 지나서야 과학 책을 통해 위성과 다른 별들의 거리가 얼마나 멀리 떨어져 있는지 알았고, 웬만해선 우주 충돌 사고가 일어나지 않는다는 사실도 알았다. 어린 마음에 괜한 걱정에 빠져 있던 것이다.

시대가 많이 변했다. 요즘 아이들은 비행기를 타고 위성 발사 센터로 가지만 내 어릴 적 친구들은 신발조차 없었다. 하지만 나와 친구들 눈에도 새로운 세계에 대한 동경, 우주의 오묘한 비밀에 대한 호기심, 미래에 대한 희망과 기대가 가득했다. 이처럼 미래에 대해 기대와 희망을 품는 마음은 역사와 시간을 뛰어넘어 존재한다.

요즘 아이들은 수십 년 전 농촌 생활이 얼마나 폐쇄적이고 가난했는지 상상도 못 할 것이다. 내가 살았던 마을은 1980년대까지도 전기가 들어오지 않았다. 책이라고는 고작 부모님 침대 아래에 있던 상자 속에서 꺼내어 들춰본 게 독서의 전부였다. 그 상자 안에는 쥘 베른이 쓴 『해저 2만 리』와 『십만개의 왜 그럴까요?』등 SF와 과학 지식에 관한 책들이 있었는데 이 책들이 유년시절의 창이 되어 농촌과 중국, 심지어 태양계를 벗어나는 상상을 하게 해 줬다. 이 책들 덕분에 나는 공상 과학에 흥미를 지니게 됐고 훗날 SF를 쓰는 작가의 길을 걷게 됐다.

공상 과학은 내 삶과 인생을 이끌었다. 그렇기 때문에 위성 발사를 보러 온 아이들에게 이번 경험이 그저 스쳐 가는 순간이 아니라는 것을 믿는다. 감동과 전율을 느낀 로켓 발사 장면과 최첨단 과학 기술을 대표하는 탐사 사업은 아이들 마음속에 과학의 씨앗이 되었으리라 믿어 의심치 않는다.

앞으로 10년이 지나고 20년이 지나면 그 아이들 중에 몇몇은 과학 연구의 길을 걸을 것이고, 우주 탐사를 하거나 다른 별에 인류의 문명을 세울지도 모른다. 이 책을 읽고 있는 아이들도 SF를 통해 과학에 흥미를 느끼고, 나처럼 일상생활에서 벗어난 흥미로운 상상을 할 수도 있다.

솔직하게 말하자면 지금까지 나는 청소년 독자가 아닌 성인 독자를 위한 SF를 써 왔다. 그래서일까. 출판사에서 청소년을 위한 SF를 제안받았을 때 어깨가 꽤 무거웠다. 청소년이 읽는 SF를 쓰려면 아이들이 지닌 독서 경향과 심리를 잘 알아야 하기 때문이다. 그런데 나는 이쪽으로는 창작 경험이 그다지 많지 않았다. 예전에 썼던 작품을 살펴보다 아이들이 읽기에 적합한 작품이 있다는 걸 알고는 몇 편을 골라 수정하며 처음으로 청소년을 위한 SF를 시도해 봤다. 때마침 리먀오 교수가 소설 속 과학 지식을 해설해 주서서 매우 감사하고 영광이다. 저명한 이론 물리학자인 리먀오 교수가 열정적으로 도와준 덕분에 이번 시리즈가 과학적으로도 전문성을 갖출 수 있었다.

이번 시리즈를 출판하게 된 이유는 청소년들에게 과학을 쉽고 재미있게 알리기 위해서다. 그러나 소설 속에 나오는 과학은 상상을 더해가며 가공한 것이기에 실제 과학 지식과 다를 수 있다. 어린 독자들이 이 시리즈를 통해 우리가 살고 있는 세상과 우주를 이해할 수 있기를 바란다.

류츠신

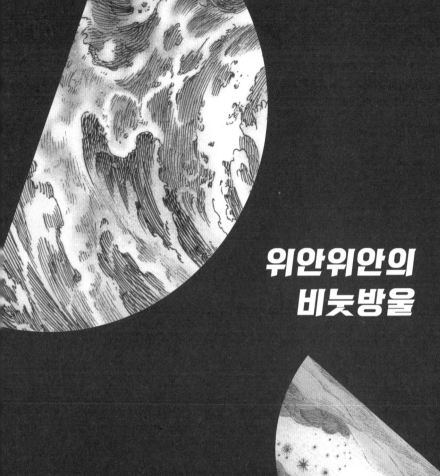

위안위안의
비눗방울

첫 번째 비눗방울

위안위안은 태어날 때부터 줄곧 기운이 없었다. 어디가 잘못된 것인지 우는 것조차 영 힘이 없었다.

하지만 비눗방울을 만나며 달라졌다.

태어난 지 5개월쯤 됐을 때 위안위안은 처음으로 비눗방울을 보았다. 엄마 품에 안겨 비눗방울을 바라보던 작은 눈은 이제야 세상을 제대로 본 사람인 양 별빛처럼 반짝였다.

위안위안이 태어난 중국 서북 지역의 한 도시에는 수개월 동안 비가 내리지 않았다. 창밖으로 보이는 도시는 이글이글 타오르는 태양 아래 모래 먼지로 뿌옇게 덮여 있었다. 이상건조에 시달리는 세상에서 맑고 투명한 비눗방울은 더없이 아름다웠다.

비눗방울을 불어 주던 아빠는 어린 딸이 이 아름다움을 알아보는 것에 몹시 기뻤고, 그녀를 안고 있던 엄마도 행복해했다.

얼음 폭탄 속 나무 씨앗

시간이 흘러 위안위안은 유치원 상급반에 들어갔고 여전히 비눗방울을 좋아했다.

어느 일요일, 위안위안은 주머니에 비누액을 잔뜩 챙겨 넣었다. 아빠가 비행기에서 비눗방울을 불도록 해 주겠다고 약속했기 때문이다.

아빠의 말은 허풍이 아니었다. 아빠와 위안위안은 정말로 근교에 있는 간이 공항에 갔다. 그곳에는 숲을 만들기 위한 공중 파종용 비행기가 한 대 있었고 엄마는 한창 비행을 준비하고 있었다.

위안위안은 낡은 비행기를 보고 몹시 실망했다. 아무리 봐도 사용한 지 꽤 오래된 것 같았다. 낡은 목판으로 만든 장난감 같이 생긴 비행기가 날 수 있다니…… 위안위안은 믿을 수가 없었다. 엄마는 아빠와 달리 위안위안이 비행기에 타는 것을 못마땅해했다.

"오늘 우리 딸 생일인데 당신은 퇴근도 못 하고 연장 근무를 하는군요. 위안위안을 비행기에 태워 줘요. 멋진 선물이 될 거예요."

비행 준비에 정신없는 엄마를 보며 아빠가 말했다.

"선물은 무슨 선물이에요. 우리 딸이 자리를 차지하면 비행기에 실을 씨앗을 얼마나 줄여야 하는 줄 알아요?"

엄마는 묵직하고 큰 비닐 포대를 끙끙 끌며 비행기 안으로 날랐다.

'내가 자리를 차지하면 얼마나 차지한다고.'

위안위안은 서러운 마음에 소리를 내며 엉엉 울었다. 엄마는 바닥에 쌓아 둔 비닐 포대에서 이상한 물건을 꺼내 위안위안을 달랬다. 당근을 쏙 빼닮은 이 물건은 머리가 뾰족한 유선형에 딱딱한 종이로 만든 꼬리날개가 달려 있었다. 작은 폭탄처럼 생겼지만 투명하고 재미있는 모양이었다.

위안위안은 그 물건을 잡으려다 깜짝 놀라며 손을 놓았다. 물건의 표면은 얼음으로 돼 있었다. 엄마는 작은 폭탄의 중심에 있는 검은 입자를 가리키며 이것이 나무 씨앗이라고 알려 줬다.

"비행기를 타고 높은 곳에서 이 얼음 폭탄을 떨어뜨리면 모래흙을 파고 들어간단다. 봄이 오면 얼음 폭탄은 모래흙 속에서 서서히 녹아 물이 되고 씨앗이 열리면서 싹이 트게 돼. 얼음 폭탄을 많이 떨어뜨려 사막이 푸르게 바뀌면 더 이상 모래가 우리 딸 작은 얼굴에 날아들지 않을 거야. 이게 엄마가 연구하는 사업이란다. 이 방법을 활용하면 활착률이 두 배나 커져서 건조한 서북 지역을 숲으로 만들 수 있어."

"아이가 활착률을 어떻게 안다고…… 당신도 정말. 위안위안, 가자!"

위안위안을 안은 아빠는 툴툴거리며 돌아섰다. 엄마는 두 사람에게 가지 말라는 말은 못 하고 그저 가까이 다가가 두 손으로 위안위안의 얼굴을 쓰다듬으며 바라봤다. 위안위안의 얼굴에 닿은 엄마의 손은 아빠보다 훨씬 투박하고 거칠었다.

위안위안은 아빠의 어깨에 몸을 기댄 채 낡은 비행기가 요란한 소리를 내며 날아오르는 광경을 지켜봤다. 그녀는 비행기를 바라보며 비눗방울을 불었고 이내 비눗방울은 모래 먼지가 자욱한 공중에서 톡 하고 터졌다.

아빠는 위안위안을 안고 비행장을 나와 정류장에서 시내로 돌아가는 버스를 기다렸다. 잠시 후 위안위안은 아빠가 갑자기 부르르 떠는 것을 느꼈다.

"아빠, 추워요?"

"아니. 위안위안, 무슨 소리 못 들었니?"

"네, 못 들었어요."

그 순간 갑자기 음울한 폭발 소리가 들렸다. 그 소리는 비행기가 날아가던 곳에서 어렴풋이 들려왔다. 둘은 얼른 고개를 돌려 소리가 난 방향을 바라봤다. 아빠는 눈앞에 펼쳐진 건조한 대지 너머의 차가운 하늘을 말없이 응시했다.

꿈은 원대하게

시간은 빠르게 지나 위안위안은 초등학생이 됐다. 그녀는 여전히 비눗방울을 무척이나 좋아했다.

위안위안은 청명절*에 아빠와 함께 묘지에 갈 때도 비눗방울 장난감을 가져갔다. 아빠가 소박한 묘비 앞에 꽃을 놓을 때 위안위안은 비눗방울을 불었다. 아빠는 화를 내려다 위안위안의 한마디에 마음이 풀리고 눈가가 촉촉하게 젖었다.

"아빠, 엄마가 보고 있어요!"

위안위안은 묘비로 날아가는 비눗방울을 가리키며 말했다.

"딸아, 너도 엄마처럼 책임감과 사명감을 지니고 원대한 목표를 이루는 사람이 되렴."

* 중국의 4대 명절 가운데 하나로 조상의 묘를 돌보고 제사를 드리는 날

아빠는 위안위안을 어루만지며 말했다.

"저도 원대한 목표가 있는걸요!"

위안위안이 외쳤다.

"아빠에게 알려 주겠니?"

"커다란, 아주 커다란 비눗방울을 만들 거예요!"

위안위안이 멀리 날아간 비눗방울을 가리키며 말했다.

아빠는 씁쓸한 웃음을 머금은 표정으로 고개를 절레절레 저은 다음 위안위안을 데리고 갔다.

몇 년 전 비행기가 추락한 지점은 이곳에서 멀지 않은 곳에 있었다. 당시 하늘에서 떨어진 얼음 폭탄으로 뿌리를 내린 씨앗은 어느새 묘목이 됐지만 최후의 승자는 여전히 끝이 없는 가뭄이었다. 비행기로 씨를 뿌려 조성한 숲은 비가 적게 내렸던 이듬해에 모두 죽고 말았다. 이렇게 사막을 숲으로 만드는 계획은 늘 첫발에 끝나 버렸다.

아빠는 고개를 돌려 석양으로 그림자가 길게 드리워진 묘비를 바라봤다. 위안위안이 만든 비눗방울은 서북 사막을 푸르게 만들겠다던 엄마의 꿈처럼 이미 사라진 지 오래였다.

곧 사라질 도시

시간은 쉬지 않고 빠르게 흘러 위안위안은 중학생이 됐지만 여전히 비눗방울이 좋았다.

어느 날, 담임선생님이 가정방문을 왔다. 선생님은 아빠에게 자그마한 장난감 총을 건네주면서 위안위안이 수업 시간에 가지고 놀다가 압수당한 것이라고 알려 줬다. 불룩한 총 위에 안테나 같이 생긴 둥근 고리가 고정돼 있었다. 아빠는 이리저리 살펴보았지만 어떻게 사용하는 건지 알 수 없었다.

"이건 비눗방울 총이에요."

선생님이 방아쇠를 당기자 웅웅 하는 소리와 함께 총구에서 비눗방울이 줄줄이 나왔다. 선생님은 위안위안이 같은 학년에서 성적이 1등인데다 누구보다 창의력이 뛰어나다고 알려 줬다. 그녀는 생각이 이렇게 기발한 아이는 처음 본다며 재능을 잘 키워 주라는 당부의 말도 잊지 않았다.

"선생님은 우리 아이가……. 어떻게 말해야 할까요. 진중하지 못하고 가볍다고 생각하지 않으십니까?"

아빠는 비눗방울 총을 들고 물었다.

"요즘 아이들은 다 그런 걸요. 지금 같은 시대에는 가볍고 시원시원한 성격과 사고방식이 결점은 아니에요."

아빠는 한숨을 쉬고 비눗방울 총을 만지작거리는 것으로 대화를 끝냈다. 더 이상 선생님과 나눌 말이 없었기 때문이다. 아빠의 눈에는 어쨌든 선생님도 어리기는 매한가지였다.

선생님을 배웅하고 돌아온 아빠는 위안위안과 비눗방울 총에 대해 이야기하고 싶었지만 다른 것이 먼저 눈에 들어왔다.

"그새 다른 걸로 바꿨어? 올해 새 걸로 사줬잖니!"

아빠는 위안위안이 목에 걸고 있는 휴대전화를 가리키며 말했다.

"아빠, 아니에요. 케이스만 바꾼 거라고요! 보세요. 새것 같잖아요."

위안위안은 납작한 상자를 꺼냈다. 상자 안을 열어 보니 산뜻한 색의 무언가가 보였다. 처음에는 물감인 줄 알았는데 자세히 보니 휴대전화 케이스 열두 개가 다양한 색을 뽐내고 있었다.

아빠는 고개를 저으며 상자를 한쪽에 놓고 비눗방울 총을 들어 보였다.

"마침 너와 이것에 대해 이야기하고 싶었어. 음, 네가 무슨 생각을 하는지 말이야."

위안위안은 아빠의 손에 들린 비눗방울 총을 낚아채며 말했다.

"아빠, 앞으로는 학교에 절대 가져가지 않을게요."

위안위안은 이렇게 다짐하며 아빠를 향해 비눗방울을 쏘아댔다.

"그런 말을 하려던 게 아니야. 훨씬 더 심각한 문제가 있어. 위안위안, 다 큰 애가 아직도 비눗방울 놀이를 좋아한다는 게……."

"안 돼요?"

"아, 아니야. 사실 그리 큰 문제는 아니야. 그런데 취미를 보면 그 사람을 알 수 있잖니. 음, 너도 마찬가지란다."

위안위안은 아빠가 무슨 말을 하는지 도통 알 수 없었다.

"그러니까 말이다. 아름답고 신기하고 비현실적인 것을 추구하는 데 치우치면 현실과 동떨어진 환상에 빠지기 쉬워. 네 두 다리가 땅을 딛지 않고 있으면 인생은 잘못된 방향으로 가게 될 거야."

위안위안은 집 안 가득 날아다니는 비눗방울에 완전히 홀린 것처럼 보였다. 비눗방울은 투명한 금붕어처럼 공기 속을 유유히 헤엄치고 있었다.

"아빠, 우리 재미있는 이야기해요! 우리 담임선생님 예쁘죠?"

아빠 어깨에 머리를 기댄 위안위안은 뜬금없는 말을 꺼냈다.

"자세히 안 봐서 모르겠구나. 위안위안, 아빠가 방금 한 말의 의미는 말이다."

"우리 선생님은 참 예뻐요!"

"그런 것 같기도 하구나. 아빠가 하려던 말은……."

"아빠, 선생님이 아빠랑 이야기할 때 눈빛이 어땠는지 자세히 안 봤어요? 아빠한테 반한 것 같았어요!"

"딸아, 그런 무의미한 이야기는 그만 하지 않을래?"

화가 난 아빠는 어깨에 기댄 위안위안을 손으로 밀어냈다.

위안위안은 한숨을 푹 내쉬고 말했다.

"휴, 아빠. 아빠는 모든 것에 흥미를 잃은 사람이 돼 버렸어요. 아빠에게는 신선하고 신기하고 가슴을 뛰게 하는 날이 없는데 무슨 재미가 있겠어요? 그러면서 다른 사람의 인생을 가르치려 하잖아요."

비눗방울 하나가 아빠 얼굴에 닿자마자 퐁 하고 터져 버렸다. 약하고 축축한 물기가 살짝 느껴졌다. 그는 순식간에 사라진 물기를 느끼며 잠시 생각에 빠졌다. 이유는 모르겠지만 갑자기 멀리 떨어져 있는 남쪽 고향이 떠올랐다. 아빠는 위안위안이 눈치채지 못할 정도로 작게 탄식했다.

"아빠도 젊은 시절에는 아득한 꿈을 좇아 네 엄마와 상하이를 떠나 이곳에 왔어. 순진하게도 서북 지역에서 인생의 가치를 실현할 거라 믿었단다. 당시 함께한 사람들은 짧은 시간 안에 황막한 곳에 새로운 도시를 세웠어. 우리는 이것을 평생의 자랑으로 여겼지. 이 도시를 바라보며 생을 헛되이 살지 않았다고 생각했어. 그런데 말이다. 그건 우리 이 시대 사람들이 청춘과 목숨으로 불어 낸 하나의 비눗방울에 불과했어."

위안위안은 아빠의 말에 적잖이 놀랐다.

"쓰루시가 왜 비눗방울이에요? 실제로 존재하고 있잖아요. 비눗방울처럼 터져서 사라지지도 않잖아요?"

"곧 사라질 거야. 중앙정부가 이미 쓰루시의 수도와 관련된 모든 사업을 중단한다는 보고서를 받아들였어."

"아니, 우리 보고 목말라 죽으라는 거예요? 지금도 이틀에 한 번밖에 물이 안 나오잖아요. 그것도 한 시간 반만요!"

"그래서 10년에 걸쳐 이주 계획을 세우고 있어. 도시 전체를 분산해서 다른 곳으로 이주하면 쓰루시는 세계 최초로 물 부족 때문에 사라진 도시가 될 거야. 현대판 누란*이 되겠지……."

"와, 너무 잘됐어요!"

위안위안은 환호성을 지르며 말을 이었다.

"더 일찍 여기를 떠났어야 했어요. 무미건조하고 따분한 이 곳이 정말 싫어요! 이사 가요. 새로운 곳으로 가면 새로운 생활을 할 수 있어요. 얼마나 멋진 일이에요, 아빠!"

아빠는 말없이 딸을 쳐다보다 자리에서 일어나 창가로 다가갔다. 황사에 뒤덮인 도시를 멍하니 바라보는 그는 어깨가 축 늘어져서 많이 늙어 보였다.

"아빠."

위안위안이 불렀지만 아빠는 아무런 대꾸도 하지 않았다.

이틀 뒤, 아빠는 곧 사라질 이 도시의 마지막 시장이 됐다.

* 실크로드 교역의 중요한 거점이었으나 외세의 침입과 자연의 변화로 멸망한 오아시스 도시

새로운 기네스 기록

　대학 입학시험이 끝났다. 위안위안은 지역 전체 이과생 가운데 차석을 차지했다. 아빠는 이 소식을 듣고 오랜만에 몹시 기뻤다. 감격한 그는 위안위안에게 조금 과한 것도 괜찮으니 갖고 싶은 것을 말해 보라고 했다. 위안위안은 아빠의 말이 떨어지기 무섭게 손바닥을 쫙 폈다.

　"다섯? 다섯 개 뭐?"

　"비누 다섯 개요."

　위안위안은 다른 손바닥도 활짝 폈다.

　"세탁 가루 열 포대도 필요해요."

　이어서 두 손등을 내보였다.

　"세정액 스무 병요."

　마지막으로 종이 한 장을 꺼냈다.

"화학약품이 가장 중요해요. 여기 적은 것들을 분량대로 사주세요."

위안위안이 필요하다는 화학약품을 사는 데는 다소 발품을 팔아야 했다. 아빠는 베이징으로 출장 간 동료에게까지 부탁했다. 동료는 꼬박 하루를 다니고 나서야 약품을 모두 살 수 있었다.

원하는 물건을 전부 받은 위안위안은 사흘 동안 화장실에 틀어박힌 채 욕조에서 용액을 만들었다. 집 안 구석구석에 이상한 냄새가 가득했다. 나흘째 되던 날, 두 남학생이 위안위안이 주문한 지름 1미터의 둥근 고리를 가져왔다. 둥근 고리는 작은 구멍이 뚫린 긴 금속관을 굽혀서 만든 것이었다.

닷새가 되는 날, 이른 시간부터 사람들이 집으로 찾아왔다. 그중에는 방송국 촬영감독과 여성 사회자도 있었다. 시장은 오락 프로그램을 진행하는 그 여성 사회자를 알아봤다. 화려한 옷을 입은 두 청년도 있었는데 자신들을 기네스 중국지부 사람이라고 소개하며 어제 상하이에서 비행기를 타고 왔다고 했다. 그중 한 남자가 잠긴 목소리로 말했다.

"시장님, 따님께서……. 콜록콜록, 이곳의 공기는 정말 건조하군요. 따님이 곧 기네스 기록을 깰 거예요!"

아빠는 일행을 따라 넓은 옥상으로 올라갔다. 위안위안과 친구들은 이미 그곳에 와 있었다. 위안위안은 둥근 고리를 어깨에 걸치고 있었고, 그들 앞에 놓인 큰 욕조 안에는 위안위안이 직접 섞어서 만든 용액이 가득 담겨 있었다. 기네스에서 온 두 청년은 눈금이 새겨진 측량기를 설치하기 시작했다. 비눗방울의 지름을 재기 위해 준비한 기기였다.

모든 준비가 끝난 후, 위안위안은 둥근 고리를 욕조 안에 넣었다가 꺼냈다. 그러자 고리 안에 액체 막이 형성됐다. 그녀는 액체 막이 생긴 둥근 고리를 조심스럽게 긴 막대기 끝에 고정시키고 옥상 가장자리로 갔다. 이어서 긴 막대를 휘두르자 둥근 고리가 공중에서 큰 원을 그리며 거대한 비눗방울을 만들었다. 커다란 비눗방울이 공중에서 흔들거리는 모습이 마치 춤을 추는 듯 보였다. 아빠가 나중에야 알게 된 사실인데 이 거대한 비눗방울은 지름이 4.6미터로 벨기에의 칼리스가 세운 3.9미터의 기록을 깼다고 했다.

"액체 배합이 중요하긴 하지만 비결은 이 큰 고리에 있어요."

위안위안은 진행자의 질문에 다음과 같이 대답했다.

"칼리스는 일반 고리를 사용했지만 저는 납 파이프에 구멍을 뚫고 굽혀서 만든 고리에 발포 액체를 가득 넣었어요. 큰 비눗방울이 형성되는 과정에서 파이프의 작은 구멍에서 액체가 계속해서 나왔어요. 이 액체들이 더 큰 비눗방울을 만드는 핵심요소죠."

"그러면 이것보다 더 큰 비눗방울도 만들 수 있단 말인가요?"

진행자가 물었다.

"물론 가능하죠! 비눗방울 형성에 필요한 몇 가지 요소를 더 연구해야 해요. 예를 들어 액체의 점도, 연성과 전성, 증발율과 표면장력 등이 있죠. 초대형 비눗방울을 만들려면 그중에서 증발율과 표면장력이 중요한 요소인데 증발율을 낮춰야 해요. 증발은 거품 벽을 터트리는 주요 원인이거든요. 표면장력은 말이죠……. 순수한 물로는 왜 비눗방울을 못 만드는 줄 아세요?"

"표면장력이 너무 작아서 아닐까요?"

"정반대예요. 순수한 물은 표면장력이 너무 커서 비눗방울이 만들어지지 않아요. 한 가지 더 물어볼게요. 비눗방울이 형성된 다음에 거품의 표면장력과 지름은 어떤 관계가 있을까요?"

"그건…… 위안위안 양의 말대로라면 표면장력이 작을수록 거품은 커지겠죠?"

"아니요. 그렇지 않아요! 비눗방울이 만들어지면 지름에 따라 표면장력도 커져야 해요. 그래야 거품 벽의 강도를 유지할 수 있거든요. 그런데 여기서 문제가 하나 생겨요. 표면장력은 일정하거든요. 초대형 거품을 만들려면 어떤 문제를 해결해야 할까요?"

진행자는 당황한 눈빛으로 고개를 절레절레 저었다. 그녀는 아름다운 외모에 말솜씨가 뛰어났지만 생각은 단순한 사람이었다. 위안위안은 얼른 눈치를 채고 말했다.

"대답은 됐어요. 대신 여기 계신 분들을 위해 대형 비눗방울을 몇 개 더 만들어 볼게요!"

잠시 후, 지름이 4, 5미터쯤 되는 대형 비눗방울 몇 개가 바람을 타고 도시 상공을 둥둥 떠다녔다. 모래 먼지가 자욱한 세상을 날아다니는 비눗방울은 다른 세계에서 온 환영처럼 비현실적이었다.

일주일 후, 위안위안은 나고 자란 서북 도시를 떠나 중국에서 가장 좋은 이공대학 나노학과에 입학했다.

1억 위안짜리 거품

　시간은 더욱 빠르게 흘러 위안위안은 더 이상 비눗방울을 불지 않았다.

　위안위안은 학사와 석사에 이어 박사까지 마친 후 사업을 시작했다. 그녀는 박사 프로젝트 때 만든 기술로 새로운 태양전지를 개발했다. 원가는 기존 태양전지의 몇십분의 일에 불과하고, 모자이크처럼 건물 표면에 붙일 수도 있었다. 위안위안의 회사는 3, 4년 만에 자산 규모가 몇억 위안에 달하는 기업으로 성장했고 나노 기술 붐을 타고 급속도로 확장한 기적의 기업이 됐다.

　위안위안의 아빠는 딸의 성공이 당혹스러웠다. 사업적인 성공만 놓고 보면 위안위안이 아빠를 가르쳐도 될 정도였다. 중학생 때 담임선생님 말이 틀리지 않았다. 가볍고 시원시원한 성격과 기발한 생각은 결점이 아니었다. 아빠 세대가 이해하기 어려운 시대임이 확실했다. 이제는 독특한 생각과 참신한 아이디어가 성공을 좌우하는 요소였다. 경험과 의지 그리고 사명감은 결정적인 요소로써 힘을 잃었고 진지하고 심각한 모습은 바보처럼 보였다.

"이런 감정이 얼마만인지 모르겠다. 이제까지 들어 본 노래 중에 가장 좋구나. 이 사람들이 예전 3대 테너보다 훨씬 잘하네."

아빠는 국가 대극장의 넓은 출입구에서 딸에게 말했다. 위안위안은 아빠가 클래식 성악을 좋아한다는 것을 알았다. 성악 감상은 아빠의 몇 안 되는 취미 가운데 하나였다. 위안위안은 회의 참석차 베이징에 온 아빠와 함께 신세대 세계 3대 테너의 올림픽 개최 기념 공연을 봤다.

"가장 좋은 자리로 사고 싶었지만 아빠는 내가 돈 쓰는 거 싫어하잖아요. 그래서 중간 좌석으로 샀어요."

"한 장에 얼마니?"

아빠는 말이 나온 김에 물었다.

"훨씬 싸요. 한 장에 2만 8000위안이에요."

"응……. 아, 뭐라고?"

위안위안은 깜짝 놀라는 아빠를 보고 웃음을 지었다.

"아빠가 오랫동안 잊고 지내던 기분을 다시 느꼈다면 28만 위안을 써도 충분히 가치가 있어요. 왜 몇십억 위안을 들여 이런 대극장을 만들겠어요? 예술을 통해 어떤 감정을 느끼거나 찾기 위해서가 아니겠어요?"

"네 말도 일리는 있다만 그래도 아빠는 네가 좀 더 의미 있는 곳에 돈을 썼으면 좋겠다. 위안위안, 쓰루시에 관해 의논할 일이 있는데 혹시 쓰루시 사업에 투자할 수 있겠니?"

"어떤 사업인데요?"

"대규모 하수처리 사업이야. 건설하면 도시 용수의 순환 이용률이 크게 높아지고 태양열로 염분이 많이 포함된 호수의 물을 담수화할 수 있어. 이 시스템을 현실화하면 쓰루시는 규모가 줄어들어도 계속 존립할 수 있으니 완전히 사라지는 운명을 피할 수 있단다."

"아빠, 얼마나 필요해요?"

"초기 계획에는 대략 16억 위안이 필요하단다. 투자는 거의 다 받아 뒀는데 돈이 실제로 들어오려면 시간이 걸려서 제때 시행하지 못할까 봐 걱정이다. 위안위안, 네가 착수금으로 1억 위안 정도 투자해 주면 좋겠구나."

"그건 힘들어요. 제가 지금 운용할 수 있는 자금이 그 정도인데 다른 연구 사업에 돈이 필요해요."

아빠는 손을 들어 딸의 말을 가로막았다.

"그럼 괜찮다. 네 사업에 폐를 끼칠 생각은 전혀 없단다. 이런 부탁을 하려던 건 아니야. 투자를 해도 원금 회수는 가능하지만 수익은 아주 적을 거야."

"참 아빠도. 그런 건 신경 안 써도 돼요. 아빠, 제가 진행하려는 프로젝트는 더 별 볼 일 없어요. 수익은커녕 투자금만 날릴 수도 있어요."

"연구하겠다는 게 기초 분야니?"

"아니요. 그렇다고 응용 분야도 아니에요. 그냥 재미있는 연구예요."

"무슨 연구이기에?"

"초강력 계면활성제를 만들 거예요. 마음에 드는 이름도 지어 놓았어요. '나는 액체'라고요. 기존에 나온 제품보다 용액의 점성, 연성, 전성이 엄청나게 크지만 증발속도는 아주 느려요. 게다가 마법 같은 특성도 있어요. 이 용액의 표면장력을 잘 다루면 액체층의 두께와 모양을 조절할 수 있거든요. 물의 표면장력보다 훨씬 크고 작게 조절할 수 있어요.

"어디에 쓸 거니?"

아빠는 놀라서 물었다. 사실 그는 이미 답을 알고 있었지만 믿고 싶지 않았다.

억만장자가 된 젊은 딸이 아빠의 어깨를 꼭 껴안으며 큰 소리로 말했다.

"커다란 비눗방울을 만들 거예요!"

"농담하는 거지?"

위안위안은 거리의 등불을 바라보며 한동안 아무 말도 하지 않았다.

"누가 알아요? 아마도 제 삶은 모두 농담일지도 몰라요. 하지만 아빠, 그런 삶도 나쁜 건 아니잖아요. 평생 농담 하나를 현실로 이루는 것도 의미있지 않을까요."

"그래서 1억 위안짜리 비눗방울을 불겠다고? 그걸 어디에 쓰게?"

아빠는 지금 꿈을 꾸고 있는 건가 싶었다.

"쓸데는 없지만 재미있잖아요. 아빠는 몇백 억을 들여 곧 철거될 도시를 지었잖아요. 그 도시에 비하면 제 사치는 새 발의 피죠."

"하지만 너는 지금 이 도시를 구할 수 있잖니. 그곳은 네 도시이기도 해. 그곳에서 나고 자랐으니까. 그런데 그 큰돈으로 비눗방울이나 만들겠다고? 넌…… 너무 이기적이구나!"

"저는 제 삶을 살고 있어요. 사사로운 욕심 없이 큰일을 위해 헌신하는 게 무조건 역사를 발전시키는 건 아니에요. 아빠의 그 도시가 바로 증거잖아요!"

위안위안이 차를 몰아 거리로 들어갈 때까지 두 사람은 아무 말도 하지 않았다.

"죄송해요, 아빠."

위안위안이 작은 소리로 말했다.

"요즘 들어 네 작은 손을 잡고 다녔던 때가 자주 생각난단다. 얼마나 좋은 시절이었는지 몰라."

아빠의 두 눈이 불빛에 반짝였다.

"아빠를 실망시켰다는 거 알아요. 아빠는 제가 엄마 같은 사람이 되길 바라셨죠. 인생을 두 번 살 수 있다면 그중 한 번은 아빠가 원하는 대로 책임감과 사명을 위해 살게요. 하지만 아빠, 인생은 한 번뿐이잖아요."

아빠는 아무 말도 하지 않았다. 침묵을 깨고 위안위안이 아빠에게 서류 봉투를 건넸다.

"뭐니?"

아빠가 고개를 갸웃하고 물었다.

"집문서와 열쇠예요. 아빠를 위해 별장을 한 채 샀어요. 타이호 호숫가에 있어요. 퇴직하시고 남쪽 지방으로 돌아가시라고 준비했어요."

아빠는 서류 봉투를 가볍게 밀어냈다.

"아니다, 얘야. 아빠는 쓰루시에서 여생을 보낼 거야. 나와 네 엄마의 청춘과 이상이 모두 거기에 고스란히 묻혀 있어서 떠날 수가 없단다."

여름밤의 베이징이 한껏 반짝이고 있었다. 아빠와 위안위안
은 아름다운 빛의 바다를 바라보다 동시에 비눗방울을 떠올렸
다. 저 끝없이 찬란한 빛이 그들에게 무엇인가를 열심히 보여
주고 있는 것만 같았다. 삶의 무거움일까? 아니면 삶의 가벼움
일까?

비눗방울에 갇힌 도시

2년이 지난 어느 날, 시청 사무실에서 근무하던 아빠는 딸에게 걸려 온 전화를 받았다.

"아빠, 생신 축하해요!"

"허허, 위안위안이구나. 지금 어디에 있니?"

"아빠가 있는 곳에서 멀지 않아요. 아빠에게 드릴 선물을 가져왔어요!"

"이런, 생일을 잊고 산 지 오래구나. 그러면 점심 때 집으로 오너라. 나도 한 달 넘게 집에 못 들어갔지 뭐니. 가정부가 집을 봐 주고 있을 거야."

"아니에요. 지금 드릴게요."

"지금 일하는 중이야. 곧 주간 회의에 참석해야 해."

"상관없어요. 아빠, 창문을 열고 하늘을 보세요!"

오늘따라 하늘은 구름 한 점 없이 맑고 파랬다. 이 지역에서 이런 날은 극히 보기 드물었다. 하늘에서 요란한 엔진 소리가 들렸다. 도시 상공에서 빙빙 도는 비행기 한 대가 파란 하늘을 배경으로 선명하게 보였다.

"아빠, 저 비행기에 있어요!"

수화기 너머로 위안위안의 목소리가 들렸다.

오래된 프로펠러가 달린 비행기는 덩치 큰 새처럼 공중에 떠 있었다. 아빠는 갑자기 낯익은 느낌이 번쩍 들면서 온몸을 부르르 떨었다. 20여 년 전에도 그랬다. 당시 위안위안이 그에게 춥냐고 물었다.

"너…… 거기서 뭐 하는 거니?"

"선물 배달 왔어요. 아빠. 비행기 아래를 보세요!"

아빠는 그제야 비행기 몸체 아래에 달린 큰 고리가 눈에 들어왔다. 고리 지름은 비행기보다 더 컸고 하늘로 오른 후 펼쳐진 게 분명했다. 전체 모양을 보니 비행기와 큰 고리가 하늘을 날고 있는 반지 같았다.

잠시 후, 아빠는 그 큰 고리가 기네스북에 도전할 때 사용했던 고리와 닮았다는 것을 알았다. 가벼운 금속으로 만든 파이프 안에 나는 액체라고 불리는 마법의 액체가 가득 들어 있었다. 무수히 많은 구멍이 뚫려 있는 고리에 나는 액체의 막이 한 겹

덮여 있었다. 큰 고리의 가는 관 속에서는 나는 액체가 끊임없이 흘러나오고 있었다.

곧이어 놀라운 광경이 펼쳐졌다. 큰 고리에서 커다란 비눗방울이 만들어졌다. 햇빛에 반사된 비눗방울은 모습을 감췄다 드러냈다 했다. 비눗방울은 빠르게 커지더니 눈 깜짝할 새에 비행기가 투명한 수박에 붙은 작은 씨처럼 작아졌다.

도시 광장에 있던 사람들은 발걸음을 멈추고 하늘을 쳐다봤다. 시청 사무동에 있던 사람들도 모두 뛰어나와 이 광경을 두 눈으로 목격했다.

비행기가 거대한 비눗방울을 끌면서 도시 상공을 빙빙 돌았다. 비눗방울의 팽창 속도는 크게 줄어들었지만 여전히 커지고 있었다. 마지막에 비눗방울은 비행기 아래에 달린 고리에서 떨어져 나와 혼자 하늘을 떠다녔다. 홀로 떨어져 나왔지만 거대한 비눗방울은 여전히 부풀고 있었다. 태양열이 비눗방울 속 공기를 팽창시켰기 때문이다. 거대한 비눗방울이 서서히 하늘을 뒤덮었다.

"아빠, 제 선물이에요!"

수화기에서 위안위안의 들뜬 목소리가 전해져 왔다.

파란 하늘에서 빛이 번쩍였다. 매끈한 셀로판지 같은 하늘이 보이지 않는 거대한 두 손에 이끌려 햇살 아래서 흔들리는 것만 같았다. 번쩍이는 빛과 함께 윤곽을 드러낸 거대한 투명 구형이 하늘을 가리고 있었다.

도시가 술렁였고 거리는 교통이 마비됐다.

거대한 비눗방울이 천천히 하늘에서 내려오자 사람들은 비눗방울에 비친 빌딩 숲을 볼 수 있었다. 비눗방울에 비친 빌딩들은 바다 속 식물처럼 바람에 따라 모양이 휘고 일그러졌다. 사람들은 기세등등하게 내려오는 커다란 비눗방울을 보고 자기도 모르게 손으로 머리를 꼭 감쌌다. 그러나 비눗방울은 터지지 않고 사람들 몸을 통과하며 반구 모양으로 대지를 뒤덮었다.

도시 전체가 변두리 끝에 있는 화력발전소와 화학 공장과 함께 거대한 비눗방울 안에 갇혀 버렸다.

"일부러 그런 게 아니었어요. 정말이라고요!"

위안위안이 카메라를 향해 말했다.

"원래 일반적인 상황이라면 거대한 비눗방울은 바람을 타고 날아가야 해요. 여기는 원래 바람이 세게 부는 곳이잖아요. 그런데 오늘 바람이 이렇게 약할 줄 몰랐어요. 바람이 약해서 비눗방울이 멀리 날아가지 못하고 도시를 덮어 버린 거예요."

아빠는 지역 방송국이 정규 방송을 중단하고 내보내는 속보를 보고 있었다. 그는 위안위안이 입고 있는 항공 점퍼 속에 반쯤 보이는 파란색 작업복을 봤다. 딸 뒤에는 오래 된 비행기가 있었다. 시곗바늘이 되돌아간 것 같았다.

'닮았다. 너무나도 닮았어…….'

아빠는 마음이 녹아내리면서 눈물이 왈칵 쏟아졌다.

두 시간 후, 아빠는 급히 소집한 대책 위원회와 함께 차를 몰고 거대한 비눗방울의 벽이 있는 도시 가장자리로 향했다. 위안위안과 그녀가 이끄는 연구원들은 그곳에서 그들을 기다리고 있었다.

"아빠, 제가 만든 비눗방울 정말 대단하지 않아요?"

위안위안은 방금 전 방송에서 당황하던 모습은 온데간데없고 때에 맞지 않게 흥분한 목소리로 말했다.

아빠는 위안위안의 말을 들은 척 만 척 하고는 고개를 들어 비눗방울을 훑어보았다. 햇빛 아래 수많은 색을 내뿜는 거대한 막이었다. 표면에 생긴 세밀한 무늬는 이리저리 변하면서 우주에 있는 모든 색채의 화려함과 아름다움을 뽐내고 있었다. 거대한 투명 막을 통해 보는 외부 세계에는 한 겹의 무지개가 덧씌워졌다. 높은 곳에서 보면 그 무지개는 사라지고 막의 존재는 보이지 않았다.

아빠는 한 손을 내밀어 조심스럽게 비눗방울을 만져 봤다. 손등이 살짝 간지러운가 싶더니 막을 뚫고 바깥쪽으로 쑥 빠져 나갔다. 막은 분자 몇 개 정도의 두께에 불과했다. 뻗었던 손을 오므리니 막은 금세 원래 모양으로 돌아왔고 그 자리에 있던 무늬도 언제 그랬냐는 듯이 온전한 형태를 되찾았다.

그가 비현실적이라고 생각했던 비눗방울은 실제 존재하는 거대한 현실이 됐고, 비눗방울을 통해 본 현실 세계가 오히려 비현실적인 세상으로 변해 있었다.

다른 사람들도 처음에는 거대한 막에 손을 갖다 대더니 나중에는 손을 휘저으면서 막을 찢고, 주먹으로 치고, 발로 차기도 했다. 아빠의 관용차를 운전하는 기사는 차에서 렌치를 가져와 훅훅 소리가 날 정도로 막을 치며 별짓을 다 해 봤지만 거대한 막은 그대로였다.

여러 사람이 막을 뚫기는 했지만 막은 찢어지지 않고 다시 그 모습을 유지했다. 아빠는 사람들에게 그만하라고 손짓하고 멀리 떨어진 고속도로를 가리켰다. 도로 위의 차들이 빠른 속도로 막을 통과하고 있었다.

"이 막과 비눗방울은 성질이 같아서 고체는 통과할 수 있지만 공기는 통하지 않아요."

위안위안이 말했다.

"그 때문에 지금 도시의 공기질이 급격히 악화되고 있어."

아빠는 딸을 힐끗 노려보았다.

그 자리에 있던 시민들은 고개를 들어 하늘에 나타난 거대한 덮개를 쳐다봤다. 도시와 공장에서 나온 스모그가 비눗방울에 갇히면서 반구 모양의 덮개를 형성한 것이다. 멀리 떨어져서 도시를 보면 하늘을 떠받치고 우뚝 솟아 있는 우윳빛 반구만 보였다.

"발전소와 공장의 가동을 중단해 대기의 오염 속도를 늦춰야 합니다. 그런데 무엇보다 심각한 문제가 있습니다. 바로 계속 상승하는 비눗방울의 내부 온도입니다. 지금 도시는 밀폐된 온실과 같아서 외부 세계와 공기가 통하지 않고 태양열이 빠르게 모이고 있습니다. 설상가상으로 한여름이라 비눗방울의 내부 온도는 곧 섭씨 60도씨에 달할 것입니다!"

대책 위원장이 말했다.

"지금까지 막을 터트리기 위해 어떤 시도를 해 봤습니까?"

아빠가 물었다.

"한 시간 전에 육군 항공병이 헬리콥터를 타고 비눗방울 꼭대기를 반복해서 뚫고 지나갔습니다. 헬리콥터에 달린 프로펠러로 막을 찢어 보려고요. 하지만 소용없었습니다. 비눗방울과 지면이 맞닿은 곳에 폭약을 설치해서 터뜨려 보기도 했습니다. 하지만 막은 폭약이 터질 때만 잠시 흔들릴 뿐 터지지는 않았습니다. 설상가상으로 폭약이 터지면서 생긴 구덩이까지 막이 뻗어

나가더니 구덩이의 밑부분을 완벽하게 메워 버렸습니다!"

군 지휘관이 대답했다.

"비눗방울이 스스로 터지려면 얼마나 걸리니?"

아빠가 위안위안에게 물었다.

"벽에 있는 액체가 모두 증발해야 터져요. 이 비눗방울의 증발속도는 매우 느리기 때문에 햇볕이 좋아도 5, 6일은 지나야 터질 거예요."

위안위안이 대답했다. 아빠는 의기양양한 딸의 말투에 화가 났다.

"시 전체에 긴급피난권을 발동하는 수밖에 없습니다."

옆에 있던 대책 위원장이 한숨을 길게 내쉬고 말했다.

그러나 아빠는 고개를 가로로 저었다.

"최악의 상황이 아니면 곤란합니다."

그때 환경 전문가가 나서서 말했다.

"한 가지 방법이 있습니다. 한시라도 빨리 긴 통을 만들어야 합니다. 통 입구가 클수록 좋습니다. 통 한쪽 입구를 비눗방울 밖으로 빼고 효율이 높은 환기팬을 설치하면 바깥과 공기가 통할 수 있습니다."

그의 말을 듣고 있던 위안위안이 큰 소리로 웃었다.

"하하하!"

그녀의 웃음소리를 듣고 사람들은 깜짝 놀랐다. 그녀는 주변의 성난 시선에도 아랑곳하지 않고 배를 잡고 웃어대며 말했다.

"방법이라고 생각해 낸 게 너무 웃기잖아요. 하하하!"

"이게 다 네가 벌인 일이야. 모든 책임을 지고 배상해야 할 거다!"

시장인 아빠가 호통을 쳤다.

위안위안은 하늘을 보더니 웃음을 멈췄다.

"그건 우리 모두가 배상해야 할 문제예요. 그건 그렇고 방금 비눗방울을 터뜨릴 수 있는 간단한 방법을 하나 생각해 냈어요. 태우는 거예요. 비눗방울 벽과 지면이 맞닿는 곳 안쪽에 100미터에서 200미터 길이의 고랑을 파고 연료를 들이부은 후 불을 붙이는 거예요. 불길이 비눗방울 벽을 빠르게 증발시키면 세 시간 정도 지나 터질 거예요."

시장은 구조대에게 위안위안이 제시한 방법대로 움직이도록 지시했다. 곧이어 도시 경계에 100여 미터에 달하는 불 벽이 모습을 드러냈다. 이글거리는 뜨거운 불길이 하늘로 솟구쳐 오르면서 비눗방울 벽에 이상한 색깔과 그림을 만들어 냈다. 그림에 드러난 무늬를 보니 거대한 막의 다른 부분에 있던 액체가 불길에 증발된 부분을 메우고 있었다.

이렇게 액체가 보충되면서 거대한 막에 소용돌이가 형성됐다. 화려하고 아름다운 색깔들이 홍수처럼 사방팔방 몰려왔다가 불길 속으로 사라졌다. 화염의 검은 연기가 비눗방울 벽을 타고 위로 올라가 하늘을 덮는 거대한 구름으로 변했다. 비눗방울 안에 있던 시민들은 공포에 질려 벌벌 떨었다.

세 시간이 지나자 거대한 비눗방울이 터졌다. 자리에 있던 시민들은 비눗방울이 하늘과 땅 사이에서 가볍게 톡 하고 터지는 소리를 들었다. 영롱하게 울려 퍼지는 그 소리는 우주의 현을 살짝 퉁기면 날 것 같은 그런 소리였다.

"아빠, 이상해요. 저는 아빠가 불호령을 내리면서 크게 화를 내실 줄 알았어요."

위안위안이 아빠에게 말했다. 두 사람은 시청 건물 옥상에 서서 거대한 비눗방울이 터지는 광경을 보고 있었다.

"한 가지 떠오른 생각이 있다. 몇 가지 알고 싶은 게 있으니 진지하게 답해 주련."

"조금 전 그 초대형 비눗방울에 대한 것인가요?"

"그렇단다. 첫 번째 질문은 말이다. 비눗방울 벽으로 공기가 통하지 못한다면 내부에 습한 공기도 묶어 둘 수 있니?"

"그럼요. 액체 제조가 끝나 갈 때쯤 혹시 다른 용도로도 쓸 수 있지 않을까 생각해 봤어요. 초대형 비눗방울로 대형 온실을 만들면 겨울철에 그 지역의 기후를 조절할 수 있어요. 그러면 대지에 농작물을 재배할 수 있는 습도와 온도를 유지할 수 있어요. 물론 비눗방울이 얼마나 오래 유지되느냐가 관건이지만요."

"두 번째 질문을 할게. 초대형 비눗방울이 바람을 타고 먼 곳까지 이동할 수 있니? 예를 들면 몇 천 킬로미터까지?"

"그건 문제없어요. 비눗방울의 내부 공기가 태양열을 받아 팽창하면 열기구 같은 부력이 만들어져요. 오늘 초대형 비눗방울이 그냥 떨어진 건 비눗방울이 만들어진 위치가 너무 낮은 데다 바람이 약했기 때문이에요."

"세 번째 질문이야. 이 비눗방울을 정해진 시간에 터트릴 수 있니?"

"그것도 어렵지 않아요. 나는 액체 성분을 조절해서 용액의 증발속도를 바꾸면 돼요."

"마지막 질문이야. 자금만 충분하다면 수천만 개에서 수억 개에 이르는 대형 비눗방울을 만들 수 있니?"

놀란 위안위안은 눈이 휘둥그레졌다.

"수억 개를요? 이런 맙소사. 어디에 쓰시려고요?"

"이런 그림을 상상해 봤단다. 멀고 먼 바다 상공에 무수히 많은 거대한 비눗방울을 만드는 거야. 그러고 나서 강한 바람에 쓸려 서북 지역 상공까지 왔을 때 터뜨리는 거지. 바다 상공에서 품고 있던 습한 공기가 건조한 우리 지역 상공에서 터지면……. 그래, 비눗방울을 이용해서 습한 공기를 서북까지 운반해 오는 거야. 빗물을 가져오는 거라고!"

위안위안은 놀라고 흥분한 나머지 한동안 아무 말도 하지 못하고 멍하니 아빠만 바라봤다.

"네가 아빠에게 엄청난 생일선물을 주었구나. 오늘이 서북 지역의 생일이 될지도 모르겠어!"

바로 그때, 밖에서 청량한 바람이 불어왔다. 거대한 막에 막혀 있던 반구 모양의 하얀 스모그는 바람 속에 서서히 찌그러졌다. 동쪽 하늘에는 신기한 색깔의 무지개가 떴다. 거대한 비눗방울이 터지고 나는 액체가 공중으로 흩어지면서 생겨난 것이었다.

비눗방울 만리장성

    서북부 상공으로 물을 끌어오는 대규모 사업이 10년에 걸쳐 추진됐다.

    10년 동안 남중국해와 벵골만에 수많은 대형 '하늘 그물'이 설치됐다. 하늘 그물은 표면에 작은 구멍이 가득 뚫려 있는 관으로 구성됐고, 그물코는 지름이 수백 미터에서 수천 미터에 달했다. 이것은 10년 전 초대형 비눗방울을 만들었던 둥근 고리와 비슷했다. 하늘 그물에는 수천 개에 달하는 그물코가 있었다.

    하늘 그물은 지상용과 공중용으로 나뉘어 있는데 지상용 하늘 그물은 해안선을 따라 설치됐고, 공중용 하늘 그물은 큰 기구에 장착돼 수천 미터 상공에 걸려 있었다. 남중국해와 벵골만의 하늘 그물은 해안선과 바다 상공을 따라 2,000여 킬로미터에 걸쳐 있어서 '비눗방울 만리장성'이라고 불렸다.

공중 물 조절 시스템이 처음 가동되던 날, 하늘 그물의 관에 가득 차 있던 나는 액체가 그물코에 막을 한 층 만들었다. 습하고 강한 바닷바람이 불자 하늘 그물에 수많은 대형 비눗방울이 생겼다. 지름이 수 킬로미터에 달하는 비눗방울이 하나둘씩 하늘 그물에서 떨어져 나와 성층권까지 올라간 다음 바람을 타고 이동했다. 그러는 사이 더 많은 비눗방울이 하늘 그물에서 끊이지 않고 만들어졌다.

거대한 비눗방울 군단은 바다의 습기를 안고 위풍당당하게 바람을 따라 대륙 깊은 곳으로 날아갔다. 히말라야 산맥을 넘고, 서남 지역을 넘어 서북 지역 상공에 이르렀다. 남중국해와 벵골만과 서북 지역 사이의 하늘에는 수천 킬로미터에 달하는 비눗방울 강이 만들어졌다.

비눗방울의 노래

    공중 물 조절 시스템이 정식으로 가동된 지 이틀이 지났을 때, 위안위안은 벵골만에서 서북 지역의 성도*로 왔다. 비행기에서 내리던 그녀는 밤하늘에 고요히 걸려 있는 보름달을 바라봤다. 바다에서 여정을 시작한 비눗방울은 아직 보이지 않았다. 대신 달빛 아래 도시에는 사람들로 인산인해를 이루고 있었다.

    위안위안은 도심 광장에 차를 세워 두고 사람들 사이로 들어가 간절한 마음으로 기다렸다. 자정이 될 때까지 밤하늘에 아무런 변화가 보이지 않자 지난 이틀처럼 사람들은 하나둘 떠났다. 하지만 위안위안은 여전히 자리를 지키고 있었다. 그녀는 오늘 밤 비눗방울이 이곳에 도착한다는 것을 알고 있었기 때문이다.

---

* 중국의 지방 행정 구역인 성의 정치·문화·행정 중심지

위안위안은 긴 벤치에 앉아서 꾸벅꾸벅 졸다 누군가 외치는 소리에 정신이 번쩍 들었다.

"세상에나. 어쩜 달이 이렇게 많을 수 있지!"

위안위안은 눈을 크게 뜨고 하늘을 봤다. 정말 달들이 한 줄기 강처럼 모여 있었다. 무수히 많은 거대한 비눗방울이 만들어 낸 달들은 진짜 달과는 달리 조각달, 상현달, 하현달이었고 하나 같이 맑고 투명해서 진짜 달이 오히려 평범하게 보일 정도였다. 유유히 흐르는 달의 강에서 멈춰 있는 것을 찾아야 진짜 달을 구분할 수 있었다.

이때부터 광활한 서북 지역의 하늘은 꿈의 하늘이 됐다.

낮에는 공중에 떠 있는 비눗방울이 선명하게 보이지 않았다. 그저 비눗방울에 반사된 빛만 파란 하늘 곳곳에 나타날 뿐이었다. 온 하늘이 태양 아래 출렁이는 호수의 수면 같았다. 대지에는 비눗방울의 커다랗고 선명한 그림자가 느림보 걸음으로 움직이고 있었다. 저녁노을이 질 무렵이면 하늘에 떠 있던 비눗방울이 화려한 금빛으로 물들면서 최고의 장관을 이뤘다.

그러나 공중에 떠 있던 비눗방울이 하나둘씩 터지면서 이 아름다운 광경은 그리 오래 가지 않았다. 더 많은 비눗방울이 떼를 지어 오기는 했지만 하늘에 떠 있는 구름이 많아지면서 제대로 볼 수가 없게 됐다.

이어서 매년 그랬던 것처럼 가장 건조한 이 시기에 하늘에서 가랑비가 부슬부슬 내리기 시작했다.

위안위안은 빗속을 가르며 자신이 태어난 도시로 돌아왔다. 10년 동안 시민들이 다른 지역으로 꾸준히 이주한 쓰루시는 텅 빈 도시로 변해 버렸다. 아무도 없는 고층 건물들이 가랑비를 맞으며 조용히 서 있었다. 그런데 자세히 보니 버려진 건물이 아니었다. 깨진 유리 하나 없이 원래 모습이 그대로 잘 보존돼 있었다. 깊은 잠에 빠진 도시가 반드시 다가올 부활의 날을 기다리고 있는 것만 같았다.

가랑비가 먼지를 잠재워서인지 공기가 맑고 쾌적했다. 얼굴에 닿는 빗방울의 서늘함이 편안하게 느껴졌다. 위안위안은 익숙한 길거리를 천천히 걸었다. 그곳은 아빠가 어린 그녀의 작은 손을 잡고 수없이 지나다니던 길이고, 위안위안이 불어 대던 수많은 비눗방울이 흩어지던 곳이었다. 그녀의 마음속에 어릴 적 부르던 노래가 울려 퍼졌다.

갑자기 이 노래가 실제로 위안위안의 귓가에 맴돌았다. 어둑어둑 어둠이 내려앉은 텅 빈 도시에서 오직 하나의 창에만 불이 켜져 있었다. 평범한 아파트 2층, 그녀의 집이었다. 그곳에서 노랫소리가 흘러나오고 있었다.

위안위안은 아파트에 다가갔다. 그녀가 살던 그곳은 주변이 깨끗하게 정돈돼 있었고 텃밭에는 채소가 무럭무럭 자라고 있었다. 텃밭 옆 작은 수레 위에는 큰 통이 실려 있었다. 멀리 떨어진 곳에서 물을 길어 와 밭을 가꾸는 게 분명했다. 어슴푸레한 어둠이 깔려 있었지만 삶의 숨결을 느낄 수 있었다. 쥐 죽은 듯 고요한 텅 빈 도시는 사막의 오아시스처럼 위안위안에게 아득한 그리움을 안겨 주었다.

그녀는 깨끗이 청소된 계단을 한 걸음 한 걸음 올라가 현관문을 살짝 밀고 안으로 들어갔다. 불빛 아래에 머리가 희끗한 아빠의 모습이 보였다. 안락의자에 기대어 앉은 아빠는 흥에 취해 옛 동요를 흥얼거리면서 어린 위안위안이 비눗물을 넣고 다니던 작은 병과 플라스틱으로 된 삭은 고리를 들고 알록달록한 비눗방울을 후후 불고 있었다.

땅불

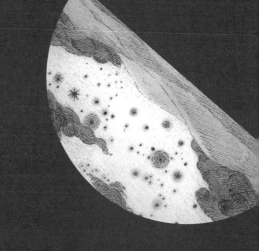

마지막 한마디

아버지는 온 힘을 다해 호흡했다. 숨이 끊어지기 전에 내뱉는 호흡은 갱에서 10킬로그램이 넘는 철 지지대를 짊어질 때보다 훨씬 더 많은 힘을 필요로 했다. 창백한 얼굴에 두 눈이 툭 튀어나왔고 입술은 푸르뎅뎅한 색으로 변했다. 마치 보이지 않는 줄이 아버지의 목을 서서히 옥죄고 있는 것 같았다. 고통으로 얼룩진 삶을 살면서도 잃지 않았던 순박한 희망과 꿈은 모두 사라지고 이제는 숨만 쉴 수 있기를 바라는 마음만 남았다.

아버지의 폐는 군데군데 검은 덩어리가 뭉쳐 있어서 들이쉰 산소를 더 이상 핏속으로 보내지 못했다. 검은 덩어리의 정체는 석탄가루였다. 아버지가 지난 25년 동안 갱내에서 조금씩 들이마셨던 석탄가루는 당신이 한평생 캐 낸 석탄에 비하면 아주 작디작은 일부분이었다.

류신은 병상에 무릎을 꿇고 앉아 있었다. 아버지의 기관지에서 나는 날카로운 소리가 그의 가슴에 깊이 사무쳤다. 그러다 갑자기 류신은 이 날카로운 소리에 섞여 나오는 작은 소리를 들었다. 아버지가 무언가 말을 하고 있었다.

"뭐라고요, 아버지? 지금 뭐라고 하셨어요?"

아버지는 두 눈으로 아들을 응시했다. 힘겹게 숨을 쉬면서 내는 소리가 다급하게 반복됐다. 류신은 아버지에게 목이 쉬도록 소리치며 되물었다.

아버지는 더 이상 아무 말도 하지 못하고 점점 호흡이 약해졌다. 마지막에는 살짝 경련이 일어나더니 이내 모든 것이 멈춰 버렸다. 감기지도 못한 채 생명을 잃은 두 눈은 초조한 기색으로 아들을 바라봤다. 아들이 자신의 마지막 말을 알아들었는지 간절히 알고 싶어 하는 것 같았다.

넋이 나가 버린 류신은 어머니가 어떻게 병상에서 기절했는지, 간호사가 어떻게 아버지 코에서 산소호흡기를 뺐는지 아무것도 보지 못했다. 아버지가 마지막에 냈던 소리만이 귓가에 울려 퍼졌고 그 말은 레코드판처럼 기억 속에 정확히 각인됐다.

몇 개월이 지났지만 류신은 여전히 넋이 나가 있었다. 아버지가 낸 소리는 머릿속에서 밤낮으로 그를 괴롭히다 못해 질식시킬 것만 같았다. 류신은 아버지의 그 말이 무엇인지 알아내야

살 수 있다고 생각했다. 어느 날, 지병을 앓고 있던 어머니가 류신을 불러 말했다.

"너도 이제 다 컸으니 가족을 먹여 살려야지. 학업은 그만두고 아버지 일을 이어받아라."

그는 아무 생각 없이 멍하니 아버지의 도시락을 들고 집을 나섰다. 집을 나선 그는 1978년 겨울의 차가운 바람을 헤치고 아버지가 일하던 갱 2호로 들어갔다. 그 순간, 아버지가 마지막으로 남긴 말이 귓가에 울렸다.

"갱에는 내려가지 마라……."

땅불

류신은 자신이 타고 온 신형 자동차가 이곳과 어울리지 않는다고 느꼈다. 오랜만에 찾아온 이곳은 고층 건물이 몇 개 들어서고 길가에는 음식점과 상점이 늘었지만 모든 것이 회색 분위기에 갇혀 있었다.

석탄 기업인 광무국을 찾아온 류신은 광장에 새까맣게 모여 앉은 사람들을 지나 사무동으로 걸어갔다. 작업복과 조끼를 입은 그들 사이를 지나가던 류신은 조금 전과 마찬가지로 정장에 구두를 신고 있는 자신이 주변과 어울리지 않는다고 생각했다. 사람들은 아무 말도 하지 않고 지나가는 그를 빤히 바라보고 있었다. 그 수많은 시선이 뾰족한 바늘이 돼 그가 입고 있는 명품 정장에 콕콕 박혔다. 류신은 사람들의 시선에 몸이 마비되는 것만 같다고 생각했다.

광무국 사무동 앞에 있는 계단에서 류신은 리민셩을 만났다. 그는 류신의 중학교 동창인데 지금은 광무국 지질 부서 주임을 맡고 있었다. 20년 전과 마찬가지로 빼빼 마른 몸에, 피로에 찌든 얼굴을 한 그는 짐짝처럼 자신을 무겁게 짓누르는 도면을 안고 있었다.

"6개월 동안 급여를 받지 못한 광부들이 저기 앉아 있어."

리민셩은 의례적인 인사말을 한 후, 사무동 앞에 모인 사람들을 가리키며 말했다. 그는 낯선 것을 보는 눈빛으로 류신을 위아래로 훑었다.

"새로운 철로가 생긴 후로 지난 2년 동안 국가에서 생산량을 제한했잖아. 지금도 상황이 안 좋은 거야?"

"잠깐 괜찮았어. 그러다 다시 나빠졌지. 광산업이라는 게 원래 그렇잖아. 아무리 봐도 방법이 없어."

리민셩은 한숨을 내쉬고 자리를 떠나려 했다. 이상한 낌새에 빨리 자리를 피하고 싶은 마음이 들었기 때문이다. 류신이 그런 그를 붙잡고 말했다.

"나 좀 도와줘."

"10여 년 전 학교 다닐 때, 너는 배를 곯는 한이 있어도 우리가 네 가방에 몰래 넣어 준 식권을 받지 않았어. 이제는 누가 봐도 도움이 필요 없어 보이는데."

리민성은 쓴웃음을 짓고 말했다.

"아니야, 필요해. 규모가 작은 석탄층을 찾아 줘. 매장량은 3만 톤 이하에 다른 석탄층과 이어지지 않은 독립된 석탄층이어야 해."

"그런 거라면…… 가능할 거야."

"석탄층과 지질 자료도 있었으면 해. 상세할수록 좋아."

"그것도 가능해."

"그럼 자세한 얘기는 저녁에 하자."

리민성이 몸을 돌려 자리를 뜨려는데 류신이 다시 그를 붙잡았다.

"내가 무엇을 하려고 하는지 궁금하지 않아?"

"저 사람들처럼 내 관심사는 딱 하나, 먹고사는 문제뿐이야."

그는 밖에 있는 광부들을 한 번 쳐다보고는 가 버렸다.

세월 따라 낡아 버린 계단을 한 걸음 한 걸음 오르던 류신은 벽을 까맣게 물들인 석탄가루를 보고 수묵화를 떠올렸다. 벽 옆에는 〈마오 주석 안위안에 가다〉라는 유화가 액자에 담겨 있었다. 액자는 석탄가루 하나 없이 깨끗했지만 그림은 세월의 흔적을 고스란히 품고 있었다. 20여 년이 지났지만 그림 속 마오쩌둥은 깊고 진중한 시선으로 또다시 류신을 바라보고 있었다. 그제야 그는 비로소 집으로 돌아온 기분이 들었다.

2층에 위치한 국장 사무실은 20년 전이나 지금이나 그 모습 그대로였다. 두 문짝을 감싸고 있는 가죽은 시간의 흐름을 말해주는 듯 여기저기 해져 있었다. 문을 열고 들어간 류신의 시선에 국장의 반백이 된 머리가 보였다. 그는 책상에 웅크리고 앉아 광산의 채굴 진척도를 보는 데 집중하느라 건물 아래 모인 사람들을 신경 쓸 겨를이 없어 보였다.

"당신이 부서의 사업 책임자인가요?"

국장이 물었다. 그는 고개를 살짝 들어 류신을 보고 다시 도면으로 시선을 옮겼다.

"그렇습니다. 장기 사업입니다."

"하하. 열심히 해 봅시다. 지금 상황은 보셔서 아시겠죠."

국장은 고개를 들고 류신에게 손을 뻗었다. 국장의 얼굴도 리민성과 마찬가지로 피곤에 찌들어 초췌했다. 류신은 국장과 악수를 하다 그의 구부러진 손가락을 보았다. 오래전 갱도 안에서 부상을 입었을 때 생긴 상처였다.

"과학연구팀의 장 부국장을 찾아가거나 자오 수석 기사를 찾아가세요. 저는 바빠서 시간이 없군요. 정말 미안합니다. 그 사람들과 잘되면 그때 저와도 다시 이야기를 나눕시다."

국장은 이 말을 하고 다시 도면에 집중했다.

"국장님께서 저희 아버지를 잘 아신다고 들었습니다. 제 아버지 팀의 기술자셨다면서요."

류신이 자기 아버지의 이름을 알려 주자 국장은 고개를 끄덕였다.

"훌륭한 기사이자 좋은 팀장이셨지."

"국장님은 현재 석탄 산업의 상황을 어떻게 보십니까?"

류신이 돌발 질문을 했다. 예리한 주제로 들어가야 국장의 관심을 일으킬 수 있다고 믿었기 때문이다.

"어떻게 보냐고?"

국장은 고개를 숙인 채 되물었다.

"석탄 산업은 전형적인 전통 산업이자 낙후 산업이고 사양 산업이지요. 노동 집약형에 노동자의 작업 환경은 최악이고 생산 효율은 낮아요. 게다가 운송에 많은 비용이 드는 산업이에요. 석탄 산업이 국가 산업 전반을 지탱하는 중요한 요소였던 영국은 10년 전에 모든 광산을 닫아 버렸어요!"

"우리는 그럴 수 없지."

국장은 여전히 고개도 들지 않고 말했다.

"맞습니다. 그래서 변해야 합니다. 석탄 산업의 생산 방식을 모두 바꿔야 한다고요! 그러지 않으면 영원히 열악한 환경에서 벗어날 수 없어요."

류신은 빠른 걸음으로 창가로 다가가 아래에 모인 사람들을 가리켰다.

"바뀌지 않으면 저 수많은 광부들의 운명을 뿌리부터 바꿀 수 없습니다! 제가 이번에 온 이유는······."

"자네 갱도에 가 본 적이 있는가?"

"없습니다."

류신은 잠시 아무 말도 하지 않다가 말을 이었다.

"아버지께서 돌아가시기 전에 제게 갱에는 들어가지 말라는 유언을 남기셨어요."

"그 말을 잘 따랐군."

국장은 웅크린 채 도면만 보고 있어서 어떤 표정과 눈빛을 짓고 있는지 알 수 없었다. 하지만 류신은 국장이 내뱉은 한마디에서 자신을 찌르는 것 같던 광부들의 시선과 비슷한 느낌을 받았다. 그는 지금 있는 곳이 몹시 더웠다. 한여름에 정장과 넥타이 차림은 에어컨이 없는 이 사무실과 전혀 어울리지 않았다.

"제 말을 들어주세요. 저에게 목표이자 꿈이 하나 있습니다. 아버지께서 돌아가시던 그때 품었던 꿈이에요. 그 꿈을 위해, 그 목표를 위해 저는 대학에 갔고 외국에서 박사 학위도 받았어요. 저는 석탄 산업의 생산 방식을 뜯어고쳐서 광부들의 운명을 바꿀 거예요."

"짧게 얘기하게. 한가하게 들어 줄 여유가 없어."

국장은 손으로 뒤를 가리켰다. 류신은 그가 광장에 앉아 있는 광부들을 가리킨 건지 그저 아무 곳이나 짚은 건지 알 수 없었다.

"조금만 시간을 주신다면 짧게 말씀드리겠습니다. 현재 석탄 산업의 생산 방식은 낙후된 작업 환경과 노동 집약형에 의지하기 때문에 생산 효율이 낮습니다. 석탄을 땅에서 캐낸 후에는 철도, 고속도로, 선박을 이용해서 목적지까지 운송해야 합니다. 그다음에는 가스발생로에 넣어 석탄가스를 생성하거나 발전소로 운송한 후 연마 가공기를 거쳐 보일러로 보내 연소시킵니다."

"짧게 말하라니까. 단도직입적으로 할 말만 하게."

"그러니까 제 생각은 광산을 거대한 가스발생로로 바꾼 다음 석탄을 지하에서 가연성 기체로 만드는 겁니다. 그다음에는 석유나 천연가스 시추와 같은 방법으로 이 가스를 채굴해서 전용 파이프로 목적지에 운송하는 거죠. 석탄을 가장 많이 사용하는 화력발전소의 보일러를 활용하면 가스를 연소시킬 수 있습니다. 그러면 복잡한 과정은 사라질 것입니다. 석탄 산업은 지금과 전혀 다른 새로운 현대화 산업으로 변할 겁니다!"

"자네 생각이 참신한 것 같나?"

류신은 그렇게 생각하지 않았다. 1960년대 광업 대학의 뛰어난 수재이자 중국에서 가장 권위 있는 석탄 채굴 전문가인 국장에게는 전혀 새로운 방법이 아니란 것도 잘 알고 있었다.

이미 수십 년 전부터 석탄의 지하 기체화가 세계적인 연구 과제였다는 것을 그가 어찌 모를까. 수십 년 동안, 수도 없이 많은 연구소와 다국적 기업이 셀 수 없이 많은 석탄 기체화 촉진제를 개발했지만 현재까지도 석탄의 지하 기체화는 인류가 거의 한 세기 동안 바라 온 꿈일 뿐이었다. 그 이유는 간단했다. 촉진제가 생산 비용보다 훨씬 비쌌기 때문이다.

"국장님 잘 들어 보세요. 촉진제 없이도 석탄의 지하 기체화를 이뤄 낼 수 있습니다!"

"무슨 방법으로?"

국장은 그제야 앞에 놓인 도면을 밀어 냈다. 류신의 말에 집중하려는 몸짓이었다. 이를 본 류신은 큰 힘을 얻었다.

"지하에 있는 석탄에 불을 붙이는 겁니다!"

오랫동안 침묵이 흘렀다. 류신을 뚫어져라 쳐다보던 국장은 담배에 불을 붙이고 계속 이야기하라는 손짓을 했다. 그러나 류신은 조금 전과 달리 흥이 떨어졌다. 국장이 관심을 가진 이유가 무엇인지 알아 버렸기 때문이다. 그는 밤낮으로 힘들고 따분한 일을 하다 잠시 숨을 고를 수 있는 심심풀이를 찾은 것이다. 류신은 우스꽝스러운 바보가 된 기분이 들었지만 일단은 이야기를 이어가기로 했다.

"채굴을 하려면 지면에서 석탄층에 구멍을 내야 합니다. 구멍은 기존에 있는 시추기로 내면 됩니다. 구멍의 용도는 다양합니다. 우선, 석탄층에 대량의 센서를 설치할 수 있습니다. 둘째, 석탄층에 불을 붙일 수 있습니다. 셋째, 석탄층에 물이나 수증기를 주입할 수 있습니다. 넷째, 석탄층이 타는 데에 필요한 공기를 주입할 수 있습니다. 다섯째, 기체화된 석탄을 꺼낼 수 있습니다."

류신은 이어서 말했다.

"석탄층에 불을 붙이고 수증기를 주입하면 다음과 같은 반응이 일어납니다. 석탄과 물은 일산화탄소와 수소, 이산화탄소와 질소를 생성합니다. 석탄과 이산화탄소는 일산화탄소를 생성하고 일산화탄소와 물이 만나면 이산화탄소와 수소를 생성하지요. 그리고 마지막으로 수성가스와 유사한 가연성 기체가 생성됩니다. 그중에 가연 성분은 절반의 수소와 나머지에서 또다시 절반의 일산화탄소로 구성됩니다. 이것이 바로 우리가 얻고자 하는 기체화 석탄입니다."

류신은 쉬지 않고 말을 이었다.

"석탄층에 설치한 센서는 가연성 기체의 생성 상황을 음파 신호로 전송해 줍니다. 이 신호들을 컴퓨터에 모으면 석탄층 소각장 모형을 만들 수 있습니다. 이 모형을 따라 지면에서 구멍을 통해 소각장의 범위와 깊이, 연소를 통제합니다.

그 구체적인 방법은 이렇습니다. 구멍을 따라 물을 주입해서 연소를 억제하거나 고압 기체나 수증기를 주입해서 더 활발하게 연소시킵니다. 이 모든 것은 소각장 모형의 변화에 따라 컴퓨터로 자동 조절이 가능합니다. 이것이 실현되면 전체 소각장은 최적의 물과 석탄이 혼합된 불완전연소 상태에서 기체를 최대한으로 생산할 수 있습니다.

국장님이 가장 관심을 두는 부분은 물론 연소 범위를 어떻게 통제하느냐겠지요. 연소가 활발한 방향에서 위를 향해 일렬로 구멍을 뚫고 고압수를 주입하면 불길을 끊을 수 있습니다. 화력이 센 곳은 댐을 지을 때 활용하는 기술로 불을 끌 수 있습니다. 국장님, 제 말을 듣고 계신가요?"

국장은 창밖에서 들리는 웅성거리는 소리에 잠시 정신을 뺏겼다. 류신은 국장이 머릿속에서 그리는 그림과 자신이 추진하려는 계획이 다르다는 것을 눈치챘다. 국장은 석탄층에 불을 붙이는 게 무엇을 의미하는지 잘 알고 있었다. 현재 지구상에는 타고 있는 석탄 광산이 많다. 중국만 해도 여러 곳이 있다.

작년에 류신은 신장 지역에서 처음으로 땅불을 봤다. 그곳은 땅에 풀 한 포기 나지 않는 불모지였다. 대신 유황 냄새가 나는 열기가 곳곳에서 용솟음치고 있었다. 이 열기 때문에 주변에 있는 모든 것이 물속에 있는 것처럼 흔들거렸고 온 세상이 바비큐 그릴 위에 있는 것처럼 뜨거웠다.

깊은 밤, 류신은 멀리서 붉고 희미한 빛을 발견했다. 이 붉은 빛은 땅 위에 있는 수많은 틈에서 새어 나오고 있었다. 류신은 틈 가까이 다가가 안을 보다 그만 숨이 턱 하고 막혀 버렸다. 틈 속은 지옥으로 가는 입구 같았다. 깊은 곳에서 올라오는 붉은빛은 희미했지만 열기는 매우 강렬했다.

고개를 들어 붉은빛이 나오는 땅을 둘러봤다. 지구가 얇은 지층에 싸여 있는 벌건 숯처럼 보였다. 그를 이곳에 데려온 사람은 아구리라고 불리는 건장한 위구르족 청년이었다. 그는 중국에서 유일한 석탄층 소방팀 팀장이었다. 류신이 이번에 이곳을 찾은 목적은 그를 자신의 실험실에 초빙하기 위해서였다.

"이곳을 떠나려니 발길이 잘 떨어지지 않는군요. 저는 이곳에서 땅불을 친구 삼아 자랐어요. 저에게 땅불은 세상에 없어서는 안 될 존재예요. 태양과 별처럼 말입니다."

아구리는 서투른 중국어로 말했다.

"그러니까 팀장님이 태어날 때부터 여기에 불이 있었다는 말인가요?"

"아니요. 류 박사님, 이 불은 청나라 때부터 있었습니다."

이 말을 듣고 류신은 온몸이 굳어 버렸다.

아구리가 이어서 말했다.

"박사님을 도와드리겠다는 약속보다는 박사님의 연구를 막고 싶은 생각이 더 큽니다. 제 말을 명심하십시오. 류 박사님, 이 건 농담이 아니에요. 박사님은 마귀가 시키는 일을 하고 있습니다."

"……."

창밖에서 웅성거리는 소리가 더 커졌다. 국장은 자리에서 일어나 밖으로 나가려다 류신에게 말했다.

"젊은이, 이번 사업에 투입되는 6,000만 위안을 다른 데 쓰길 진심으로 바라네. 해야 할 게 너무 많다는 걸 이미 보지 않았는가. 나중에 다시 보세."

류신은 국장의 뒤를 바짝 따라 사무동 밖으로 나왔다. 광장에는 조금 전보다 더 많은 사람이 모여 있었다. 무리의 대표처럼 보이는 사람이 광부들에게 무엇인가를 큰 소리로 말하고 있었다.

류신은 그가 하는 말보다 광장에 펼쳐진 장면이 눈에 들어왔다. 그곳에는 휠체어가 가득했다. 다른 곳에서는 보기 힘든 장면이었다. 계속해서 몰려오는 휠체어에는 사고로 팔이 잘린 광부들이 앉아 있었다.

순간 숨이 턱 막힌 류신은 넥타이를 풀고 고개를 숙인 채 사람들을 지나 차에 몸을 실었다.

그는 목적지도 정하지 않고 우선 차부터 몰았다. 그의 머릿속은 이미 새하얗게 변해 버렸다.

얼마나 달렸을까, 차를 멈추고 주변을 보니 어느 작은 산꼭대기였다. 어릴 적 그는 이곳에 자주 올라와 광산을 내려다보고는 했었다. 차에서 내린 그는 한참동안 멍하니 서 있었다.

"뭘 보고 있는 거야?"

누군가의 목소리가 들렸다. 고개를 돌리고 보니 언제 왔는지 리민성이 뒤에 서 있었다.

"저기가 우리 학교야."

류신이 손가락으로 먼 곳을 가리켰다. 초등학교와 중학교가 같이 있는 꽤 규모가 큰 광산 학교였다. 교정 안에 있는 운동장이 류신의 시선을 사로잡았다. 그곳에는 그의 유년 시절과 소년 시절이 함께 묻혀 있었다.

"너는 과거의 모든 일을 다 기억하고 있다고 생각하겠지."

리민성은 옆에 있는 바위에 앉아 힘없는 목소리로 말했다.

"나는 다 기억하고 있어."

"초가을 어느 오후, 태양이 어슴푸레하던 날이었어. 그날 우리는 운동장에서 축구를 하다 멈추고 멍하니 학교 건물에서 울리는 나팔 소리를 들었어. 기억나?"

"장송곡이었던 걸로 기억해. 잠시 후, 맨발로 뛰어나온 장젠쥔이 마오쩌둥 주석이 돌아가셨다고 알려 줬어."

류신이 대답했다.

"맞아, 우리는 '이 반동분자!'라며 그 녀석을 흠씬 두들겨 팼지. 장젠쥔은 울면서 사실이라고 말했지만 말이야. 마오쩌둥 주석에게 맹세한다며 진짜라고 말했지만 우리 중에 그 말을 믿는 사람은 아무도 없었어. 그래서 그 녀석을 파출소로 끌고 가겠다고 했잖아. 그러다가 우리의 발걸음이 점점 느려졌어. 교문 밖에서 장송곡이 울렸거든. 천지에 검은 소리가 가득했지……. 그 후 20여 년 동안, 이 장송곡은 내 머릿속을 떠나지 않고 울려 댔어. 최근에 장송곡에서 니체가 맨발로 뛰어나오더니 '신은 죽었다'라고 말하더라."

리민성은 어딘가 슬픔이 묻은 웃음을 지으며 이어서 말했다.

"난 그 말을 믿어."

류신은 어린 시절부터 알고 지낸 리민성이 순간 낯설어져서 빤히 쳐다봤다.

"어쩌다 이렇게 변했니? 전혀 너 같지 않아."

리민성은 벌떡 일어나 류신을 노려보고는 한 손으로 산 밑의 거무스름한 곳을 가리켰다.

"광산이 어쩌다 이 지경이 된 거야? 저 광산은 알아보겠어?"

그는 털썩 주저앉고 말을 이었다.

"예전에 우리 부모님은 자랑스러운 분들이었어. 위대한 석탄 광부였잖아. 얼마나 자랑스러운 사람들이야! 내 아버지를 봐. 8급 광부에 한 달 수입이 120위안이었다고! 마오쩌둥 시대의 120위안이라고!"

잠자코 듣기만 하던 류신이 화제를 돌렸다.

"가족은 모두 잘 지내니? 네 아내, 이름이 뭐였더라. 산······ 뭐였지?"

리민성은 쓴웃음을 지었다.

"나도 아내 이름을 까먹은 지 오래야. 작년에 출장 간다고 하더니 나와 딸을 남겨 두고 사라졌어. 두 달 후쯤 캐나다에서 아내가 보낸 편지가 한 통 왔지. 자기는 숯 검댕이 남자하고 남은 인생을 보내고 싶지 않대."

"뭐 잘못 아는 거 아니야? 너는 고급 기사라고!"

"그래 봤자 거기서 거기야."

리민성은 아래에 보이는 광산을 손가락으로 가리켰다.

"여자들이 보기에는 다 똑같은가 봐. 숯 검댕이라. 하하하.

우리가 무슨 포부를 품고 기사가 됐는지 기억해? 석탄 생산량이 신기록을 세울 때였지. 아버지에게 밥을 갖다 드리려고 처음으로 갱도 안에 들어갔어. 어두컴컴한 그곳에서 나는 아버지와 삼촌들에게 석탄층이 어디에 있는지 어떻게 아냐고 물었어. 갱도의 어느 방향으로 가야 석탄을 캘 수 있는지 어떻게 아냐고도 물었지. 이렇게 깊은 지하에서 두 방향으로 구멍을 뚫는데 어떻게 정확하게 만날 수 있는지도 궁금했고.

그때 네 아버지께서 말씀하셨어. '애야, 우리는 모른단다. 기사만이 알고 있어'라고. 갱도에서 나온 네 아버지가 안전모를 쓰고 손에 도면을 들고 있는 사람을 가리키며 말씀하셨지. 저들이 기사라고 말이야. 당시 우리 눈에 그 사람들은 어딘가 달라 보였어. 적어도 그들 목에 걸친 수건은 아주 하얬잖아."

"지금 우리는 어린 시절 꿈을 이뤘어. 물론 무슨 대단한 일은 아니지만 주어진 일에 책임을 다하면 되는 거야. 그렇지 않으면 자신을 배반하는 거잖아?"

"입 다물어!"

리민성은 버럭 화를 내며 일어났다.

"나는 이때까지 최선을 다해 일해 왔어. 그런데 너는 온종일 꿈속에서만 살고 있잖아! 정말 네가 석탄 광부들을 갱도 깊은 곳에서 꺼내 줄 수 있다고 생각하는 거야? 이 광산을 기체밭으

로 만들 수 있다고? 네 이론과 실험이 성공하더라도 그다음에
뭐 어떻게 할 수 있는데? 그 말도 안 되는 거에 돈이 얼마나 들
어가는지 계산해 본 적은 있어? 뭘로 수만 킬로미터나 되는 기
체 수송 파이프를 지을 건데? 지금 석탄 철로 운송비조차 내지
못하는 실정이라고!"

"왜 멀리 보지 않는 거야? 몇 년, 몇 십 년 후를……."

"그런 황당한 소리는 접어 둬! 우리는 지금 며칠 후도 모르는
막막한 상태라고! 너는 꿈속에서 살고 있어. 어릴 때부터 쭉 그
래 왔어! 베이징에선 네 맘대로 꿈꿀 수 있었는지 몰라도 나는
아니야. 나는 현실에 살고 있으니까!"

리민성은 산을 내려가려다 다시 말했다.

"아, 한 가지 더 알려 주지. 국장님이 우리 부서에 와서 너와
공동으로 실험하라고 하셨어. 일은 일이니 최선을 다할 거야.
3일 후 실험할 석탄층 위치와 상세 자료를 줄게."

그는 이 말을 끝으로 고개도 돌리지 않고 가 버렸다.

류신은 그가 태어나고 자라 온 광산을 하염없이 내려다봤다.
그곳에는 수직갱이 있는 크고 높은 탑과 그 위를 회전하는 커다
란 인양 바퀴가 보였다. 그 인양 바퀴는 대형 승강기를 깊은 갱
안으로 내려보내는 역할을 했다.

궤도를 따라 전차가 줄줄이 갱 입구를 들어갔다 나갔다 하는

장면, 채굴한 석탄을 분리하고 있는 장면, 수많은 석탄통을 매단 기차가 서서히 떠나는 장면이 눈앞에 그려졌다.

그곳에서 그는 아름다운 유년 시절을 보냈다. 고개를 돌리니 광부들이 이용하는 대중목욕탕 건물이 눈에 들어왔다. 저렇게 큰 대중목욕탕은 탄광 지역에서나 볼 수 있었다. 그는 석탄 가루 때문에 시커멓게 변한 욕탕 물에서 수영을 배웠다. 바다와 강이 멀리 떨어져 있는 탓이었다.

저 멀리에는 석탄을 분리한 후 남은 부스러기를 쌓아 놓은 산이 있었다. 백 년이나 넘게 쓸모없는 부스러기를 쌓다 보니 어느새 산이 돼 버렸다. 그 석탄 산은 주변에 있는 진짜 산보다 더 높고 커 보였다.

곳곳에서 버려진 유황이 비를 맞고는 열을 내며 푸른 연기를 내뿜었다. 이곳의 모든 것은 세월에 따라 쌓인 석탄 가루로 뒤덮여 있었다. 검회색을 띤 산, 바로 이 색이 류신이 기억하는 유년 시절의 색이자 생명의 색이었다. 그는 두 눈을 감고 광산 아래에서 들려오는 소리를 들었다. 시간이 마치 이곳에서 멈춰 버린 것만 같았다.

'아, 이곳은 내 아버지의 광산이자 나의 광산이다……'

불붙은 석탄층

이곳은 광산에서 그리 멀지 않은 곳에 떨어져 있는 산골짜기다. 낮에는 광산의 안개와 증기가 산 뒤로 올라가는 모습이 보이고, 밤에는 하늘을 비추는 광산의 환한 등불을 볼 수 있다. 광산 기차의 기적 소리도 선명하게 들려왔다.

류신과 리민성 그리고 아구리는 산골짜기 한가운데에 서서 황량한 이곳을 바라봤다. 멀리 떨어진 곳에서 한 양치기가 깡마른 산양 떼를 몰면서 천천히 걸어가고 있었다. 이 산골짜기 아래는 류신이 석탄 기체화 채굴을 실험하기 위해 찾아온 작은 석탄층이 있었다. 리민성과 지질처의 기사들이 한 달 동안 산더미 같은 자료를 조사해서 겨우 찾아낸 곳이었다.

"주요 채굴지에서 멀리 떨어져 있기 때문에 지질 자료가 아주 상세히 나와 있지는 않을 거야."

리민성이 말했다.

"지질처 자료를 본 적이 있어. 기존 자료를 보니까 실험용 석탄층은 일반 석탄층에서 최소 200미터는 떨어져 있으니 괜찮을 거야. 자, 그럼 이제 시작해 보자!"

류신은 흥분한 목소리로 말했다.

"류신, 자네는 탄광 지질 전문가가 아니잖아? 이 분야의 실제 상황에 대해서는 아는 게 적을 테니 신중했으면 해. 조금 더 생각하고 시작해도 늦지 않아."

잠자코 듣고 있던 아구리도 한마디 거들었다.

"생각하고 말고 할 문제가 아니에요. 이 실험은 절대 시작해서는 안 돼요! 저도 자료를 본 적이 있는데 너무 허술해요. 탐사용 구멍 간 거리도 너무 멀고요. 1960년대 초에 하던 방식이에요. 새로운 방법으로 탐사해야 합니다. 이 석탄층이 독립적으로 존재하는지 명확하게 증명한 후 실험을 시작해야 해요. 저와 리민성 기사님이 탐사 방안을 만들었습니다."

"이 방안에 따라 탐사하려면 얼마나 걸리죠? 투자금은 얼마나 필요한가요?"

류신의 물음에 리민성이 입을 열었다.

"지질처의 현재 상황으로 볼 때 최소 한 달은 걸려. 구체적인 투자액은 아직 몰라. 예상컨대 200만 위안은 들 거야."

"우리에겐 그만한 시간도 돈도 없어."

"그럼 부처에 요청하세요."

"부처에 요청하라고요? 부처에 있는 머저리 같은 놈들은 이 사업을 없애려고 할 걸요. 위에서는 빨리 결과를 보고 싶어 해요. 시간을 연장하고 예산도 추가해 달라는 건 사업을 포기하겠다는 거나 마찬가지예요! 아구리 팀장이 말씀한 문제는 그리 심각하지 않을 거라는 예감이 들어요. 그러니 일단 작은 위험을 감당해 봐요."

"예감? 지금 그런 걸 믿고 이 작업을 하자는 건가요? 류 박사님, 지금 어디에다 불을 붙이려는 건지 모르세요? 이게 작은 위험이라고요?"

"저는 결정했습니다."

류신은 주먹을 쥐고 결연에 찬 표정으로 말했다.

"이 기사님, 어째서 저 미치광이를 막지 않으세요? 우리는 견해가 같잖아요!"

"저는 제게 주어진 일만 해요."

아구리가 리민성에게 호소했지만 리민성은 쌀쌀맞게 답했다.

산골짜기에는 300여 명이 넘는 사람들이 작업을 하고 있었다. 여기에는 물리학자, 화학자, 지질학자와 광물 채굴 기사 외에 여러 분야의 전문가들이 포함됐다. 아구리가 데려온 십여 명의 석탄층 소방팀과 런치우 유전의 석유 시추팀 그리고 지하 소방막 설치를 책임지는 수리시설 건설기사와 작업자 몇 명도 함께 했다.

현장에는 커다란 시추기 몇 대와 드릴 외에 시멘트 포대 더미와 레미콘도 보였다. 고압 펌프가 시멘트를 지층 속에 주입하는 소리가 요란하게 울려 퍼졌다. 가까운 곳에 물 펌프와 공기펌프가 줄지어 서 있고 거미줄처럼 얽혀 있는 다양한 색깔의 파이프도 있었다.

작업을 시작한 지 두 달이 지나 그들은 지하에 2,000여 미터에 달하는 그라우트커튼을 설치해 석탄층을 둘러쌌다. 이것은 본래 댐 공사에 사용하는 기술로 댐을 지을 때 물이 들어 오는 것을 막기 위한 것이었다.

류신은 이 기술을 이용해서 지하에 방화벽을 세우고 땅불이 올라오지 못하도록 촘촘한 막을 형성했다. 방화벽이 둘러싼 구역에 시추기로 석탄층에 바로 닿을 수 있는 구멍을 백여 개 뚫었다. 구멍은 파이프에 이어져 있었고 이 파이프들은 세 개의 관으로 갈라져서 각각 물, 수증기, 압축 공기의 고압 펌프와 연결됐다.

마지막 작업은 '두더지 풀어 주기'였다. 두더지는 류신이 설계한 소각장 센서의 이름으로 두더지보다 폭탄을 더 닮았다. 20센티미터 길이에 머리에는 드릴이 달려 있고 꼬리에는 바퀴가 있었다. 두더지를 구멍 안에 풀어 놓으면 드릴과 바퀴로 지층을 파고 들어가 수백 미터를 이동하면서 자동으로 위치를 찾았다.

센서는 고온·고압에서도 작동이 가능했고 석탄층에 불이 붙으면 땅을 통과하는 음파 통신을 이용해 자신이 있는 위치 정보를 중앙 컴퓨터에 전송했다. 석탄층에 풀어놓은 두더지 수천 개 중 절반은 방화벽 근처에 설치해 혹시나 막을 넘어서는 불이 나타날지 감시하고 있었다.

대형 텐트 안에 있던 류신은 스크린에 나타난 방화벽 주변을 보고 있었다. 컴퓨터는 수신한 신호에 따라 빛을 깜빡이면서 모든 두더지의 위치를 나타내고 있었는데 빽빽하게 반짝이는 점들이 마치 별자리 같았다.

모든 작업이 끝났다. 굵고 큰 점화 전극 두 개가 막 중앙에 뚫린 구멍으로 내려갔다. 이 두 전극의 전선은 류신이 있는 텐트와 이어져 있고 빨간 버튼의 스위치와 연결돼 있었다. 모든 작업자는 각자 자리에서 흥분된 마음으로 기다렸다.

아구리가 류신에게 말했다.

"류 박사님, 다시 생각해 보세요. 지금 무서운 일을 벌이고 있는 거예요. 땅불이 얼마나 엄청날지는 아무도 모른다고요!"

"그만 하세요. 아구리 팀장은 여기 온 첫날부터 줄곧 공포 분위기를 조성했어요. 석탄부에 제가 잘못하고 있다고 말한 것도 다 알고 있어요. 하지만 팀장님은 누구보다 이 작업에 큰 기여를 했습니다. 팀장님이 지난 1년 동안 함께 해 주지 않았다면 저는 감히 실험할 엄두도 못 냈을 거예요."

"류 박사님, 제발 지하에 있는 악마를 풀지 마세요!"

"팀장님은 우리가 이제 와서 포기할 거라 생각하세요?"

류신은 고개를 저으며 말한 후 옆에 있는 리민성에게 다가가 말했다.

"네 말대로 여섯 번에 걸쳐 모든 지질 자료를 검토했는데 문제가 없었어. 어제저녁에는 일부 민감한 부분에 막을 한 겹 더 덧붙이기도 했고."

그는 스크린에 보이는 작은 선을 가리켰다.

류신은 스위치 앞으로 가서 빨간 버튼을 누르려다 잠깐 멈추더니 눈을 감고 기도하듯이 중얼거렸다. 그와 가장 가까이 있던 리민성은 그가 뱉은 한마디를 정확히 들었다.

"아빠……."

곧바로 빨간 버튼을 눌렀지만 아무 소리도 섬광도 없었다. 겉으로는 원래 있던 산골짜기 그대로였지만 지하 깊은 곳에서는 점화 전극이 수만 볼트의 전압으로 석탄층에 새하얀 고온의 스파크를 일으켰다. 스크린을 보니 점화 전극을 설치한 위치에 나타난 작은 빨간 점이 화선지에 떨어진 먹물처럼 금세 커졌다.

류신은 마우스를 움직여 두더지가 보낸 정보를 바탕으로 만든 소각장 모형을 스크린에 띄웠다. 소각장 모형은 크기가 계속 커졌고 겹겹이 쌓인 양파 껍질처럼 각 층은 기온 변화도 없이 거의 비슷했다.

공기펌프가 요란한 소리를 내면서 수많은 구멍을 통해 석탄층에 공기를 맹렬하게 주입했다. 소각장은 공기를 불어넣은 풍선처럼 커져 갔다. 한 시간 후, 제어용 컴퓨터가 물 펌프를 작동시키자 스크린에 보이는 소각장의 모양이 바늘에 찔린 풍선처럼 일그러졌지만 부피는 줄어들지 않았다.

류신은 텐트에서 나왔다. 태양은 이미 산 뒤편으로 넘어갔고 기계들이 내는 요란한 소리가 어두워지는 산자락에 메아리치고 있었다. 밖에는 300여 명이 모여 곧게 서 있는 분사구를 둘러싸고 있었다. 현장에 있던 사람들은 류신을 위해 길을 비켜 줬다.

류신은 분사구 아래에 있는 작은 단상에 올라갔다. 그 위에는 작업자 두 명이 있었다. 그중 한 명이 류신에게 다가와 분사구 스위치를 건넸고, 다른 한 명은 라이터로 횃불에 불을 붙여 류신에게 건넸다. 스위치를 돌리자 분사구에서 공기 소리가 윙윙 울려 퍼졌다. 그 소리는 마치 목이 쉰 거인이 포효하듯 산골짜기로 빠르게 퍼져 나갔다. 주변에 있던 300여 명의 얼굴이 횃불에 아른거렸다. 류신은 두 눈을 꼭 감고 다시 작은 목소리로 중얼거렸다.

"아빠……."

곧이어 그는 분사구에 횃불을 대고 인류 처음으로 기체 석탄을 위해 갱에 불을 붙였다.

그 순간, '쿵' 하는 소리와 함께 십여 미터 높이에 달하는 거대한 불기둥이 순식간에 공중으로 솟구쳐 올랐다. 불기둥의 아랫부분은 투명한 파란색을 띠더니 위로 향하면서 눈부신 노란색으로 변했다가 조금 더 올라가서는 붉은색으로 변했다.

묵직한 소리를 내는 불기둥의 맹렬한 열기가 가장 멀리 떨어져 있는 사람에게도 그대로 전달됐다. 주변 산들도 불기둥의 빛에 환히 밝아졌다. 멀리서 이 광경을 보면 마치 황토 고원에 나타난 눈부신 풍등 같았다.

사람들 사이에서 흰머리가 희끗희끗한 사람이 걸어 나왔다. 국장이었다. 그는 류신의 손을 꼭 잡고 말했다.

"머리가 굳어 버린 뒷방 노인의 축하를 받아 주게. 자네가 성공했어! 그건 그렇고 저 횃불을 어서 끄길 바라네."

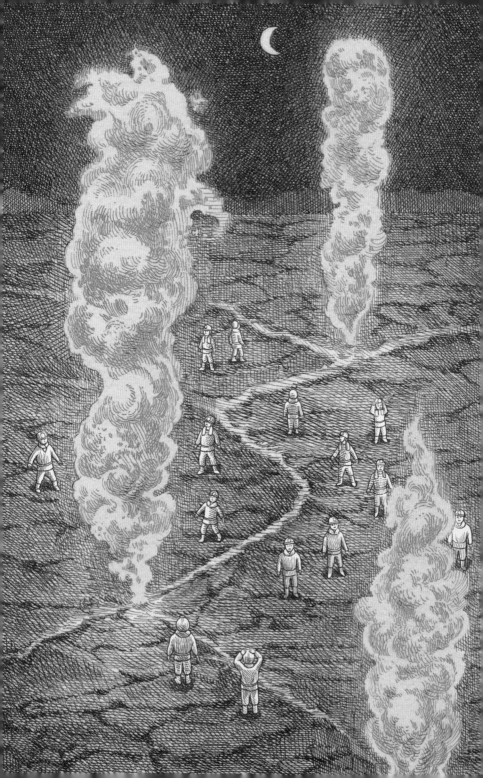

"아직도 저를 못 믿으시는 거죠? 횃불은 꺼지지 않을 거예요. 저는 계속 불을 붙여서 우리 나라뿐만 아니라 전 세계에 이 모습을 보여줄 거예요!"

"우리 나라는 물론 전 세계가 이미 다 봤네."

국장은 뒤에 몰려 있는 방송국 기자들을 가리키며 이어서 말했다.

"이번에 실험한 석탄층과 200미터 거리도 되지 않는 곳에 대형 석탄층이 있다는 걸 잊지 말게나."

"위험한 위치에 방화벽을 세 개나 쳤어요. 거기다 고속 시추기들이 수시로 명령을 기다리며 대기 중입니다. 그러니 절대 문제없어요."

"쓸데없는 걱정이라 생각하겠지만 걱정이 되는 게 사실이네. 자네들은 부서의 기사들이니 내가 간섭할 권리가 없지만 새로운 기술에는 잠재된 위험이 도사리고 있다는 말을 해 주고 싶어. 수십 년 동안 비슷한 위험이 적잖았다네. 내가 꽉 막힌 사람이란 걸 알지만 정말 걱정이 된다네."

국장은 다시 한번 류신에게 손을 내밀었다.

"어찌됐든 고맙네. 자네가 내게 석탄 산업의 희망을 보여 줬어."

그는 불기둥을 잠시 바라보고 한마디 덧붙였다.

"자네 아버지도 매우 기뻐하실 걸세."

그 후 이틀 동안 다른 분사구 두 곳에 불을 붙여 불기둥은 세 개가 됐다. 이때 시험용 석탄층의 기체 생산량은 화력발전소에 있는 수백 대의 대형 석탄 기체 발생로만 했다.

지하 석탄층 소각장은 모두 컴퓨터로 조종하고 있었다. 소각장 면적은 총면적의 삼분의 이로 엄격하게 통제해 안정적으로 유지됐다. 광산 측의 요청을 받아들여 소각장 통제 실험도 여러 차례 실시했다.

류신은 마우스로 소각장에 원을 하나 그리고 크기를 축소시켜 한 시간 내에 실제 소각장 면적이 작아진 원 안으로 들어가게 설정했다. 이 밖에도 대형 석탄층과 거리가 가까워 위험할 수 있는 곳에 길이가 200여 미터의 방화벽을 추가 설치했다.

류신은 이제 할 일이 크게 없어서 기자와 인터뷰를 하거나 외부와 연락하는 데 남은 시간을 쏟았다. 국내외 수많은 회사가 벌떼 같이 몰려와 사업과 관련된 투자와 협력 의사를 밝혀 왔다. 이 중에는 세계적으로 유명한 대기업들도 있었다.

사흘째 되는 날, 석탄층 소방대원들이 류신을 찾아와 팀장이 과로로 쓰러지기 일보 직전이라는 소식을 알렸다. 요 며칠 아구리는 대원들을 이끌고 미친 듯이 이곳저곳 다니며 지하의 불을 끄는 훈련을 해 왔다. 그는 국가 원격 센터의 위성을 빌려 이 지역의 지표 온도를 모니터링해야 한다고 주장했다. 게다가 사흘 동안 잠도 자지 않았고 여기저기를 밤새 돌았다.

류신은 아구리를 찾아갔다. 건장하던 사람이 그새 수척해졌고 두 눈은 빨갛게 충혈돼 있었다.

"잠이 오지 않습니다. 눈을 감으면 자꾸 악몽을 꿉니다. 불의 숲처럼 땅에 있는 불기둥이 여기저기로 분출되는 꿈이에요."

"원격 위성은 예산이 많이 들어요. 제가 보기엔 필요 없지만 이미 그렇게 하기로 했다니 저는 팀장님의 결정을 존중해요. 아구리 팀장님, 저는 앞으로도 팀장님이 필요합니다. 석탄층 소방부대가 해야 하는 일이 많지는 않지만 안전을 위해서는 소방대원이 반드시 있어야 합니다. 팀장님, 그동안 너무 수고가 많았어요. 베이징으로 돌아가 며칠 쉬세요."

"지금 떠나라고요? 머리가 어떻게 된 거 아닙니까!"

"팀장님은 평생 땅불 근처에서 살았기 때문에 트라우마가 생겼어요. 지금은 신장의 탄광 땅불처럼 큰 불을 통제하지는 못하지만 곧이어 실현할 수 있을 겁니다. 저는 신장에 상업적으로 운영하는 기체화 탄광을 만들 계획이에요. 그때가 되면 신장의 땅불도 얼마든지 통제할 수 있을 거예요. 팀장님의 고향은 아름다운 포도밭으로 가득할 겁니다."

"류 박사님, 저는 박사님을 존경합니다. 이것이 제가 박사님과 함께 일하는 이유입니다. 하지만 박사님은 가끔 자신을 과대평가해요. 땅불에 관해서는 아직 어린아이에 불과하다고요."

아구리는 쓴웃음을 짓고 고개를 저으며 자리를 떠났다.

악몽의 시작

　재난은 닷새째 되는 날에 일어났다. 날이 밝아 오던 때, 류신은 앞에 서 있는 아구리를 바라봤다. 그는 마치 열병에 걸린 사람처럼 얼빠진 모습으로 숨을 헐떡였고 온몸이 땀에 흠뻑 젖어 있었다.

　아구리는 레이저 프린터로 인쇄한 사진을 류신의 코앞에 바짝 들이밀었다. 위성이 보낸 적외선 온도 감지 사진이었다. 류신은 사진이 무엇을 의미하는지 몰라 당황한 표정을 지으며 아구리를 쳐다봤다.

　"어서 가요!"

　아구리는 큰 소리로 외치더니 류신의 손을 잡고 텐트에서 뛰쳐나갔다. 류신은 무슨 영문인지도 모르고 그저 아구리가 이끄는 대로 산골짜기 북쪽에 있는 산으로 올라갔다. 아구리는 류신을 데리고 산 정상 가까이까지 아주 먼 길을 올랐다.

산 정상에 다다른 후, 류신이 숨을 헐떡이며 입을 떼려는데 아구리가 손가락으로 먼 곳을 가리켰다. 아구리가 가리키는 방향으로 눈을 돌리니 광산이 한눈에 보였다. 광산과 산 사이에 완만한 경사를 이룬 산비탈 낮은 곳에는 녹색 풀밭이 있었다. 아구리는 이 풀밭을 가리켰다. 주변을 살펴보니 광산과 풀밭은 여느 때와 마찬가지로 평온했다.

그러나 류신은 아구리의 손가락이 가리키는 방향을 한참 보고나서야 이상한 징조를 발견했다. 풀밭에 원이 하나 나타나 있었다. 원 안에 있는 풀은 주변보다 약간 짙었지만 자세히 보지 않으면 감지하기 어려웠다. 순간 가슴이 조여 온 류신은 아구리와 산 아래로 내려가 진한 녹색으로 변한 원으로 달려갔다.

풀밭에 도착한 류신은 무릎을 꿇고 풀을 살펴봤다. 원 밖에 있는 풀과 달리 원 안에 있는 풀은 뜨거운 물을 맞은 것처럼 풀이 죽어서 땅에 푹 쓰러져 있었다. 땅바닥에 손을 갖다 대니 뜨거운 기운이 느껴졌고 원 중심에서는 한 줄기 증기가 햇살을 타고 하늘로 오르고 있었다.

오전에 긴급 시추를 하고 다시 두더지 수천 개를 풀었다. 그제야 류신은 대형 석탄층에 불이 붙었다는 악몽 같은 현실을 인정했다. 타고 있는 범위를 빠르게 판단할 수 없었던 이유는 두더지가 지하에서 움직이는 속도는 시간당 십여 미터에 불과하지만, 대형 석탄층은 시험용 석탄층에 비해 훨씬 깊은 곳에 있기 때문이다. 이처럼 열이 이미 지표까지 올라왔다는 건 이미 상당히 오랫동안 타고 있었으며 불이 붙은 범위가 꽤 크다는 의미였다.

그러나 상황이 조금 이상했다. 연소된 대형 석탄층과 시험용 석탄층 사이의 1,000미터에 이르는 토양과 암석대는 온전한 상태였다. 어떤 사람은 대형 석탄층에서 일어난 불은 시험용 석탄층과 아무런 관련이 없다고 주장했다. 하지만 이는 그저 자기 위안에 불과할 뿐 이 의견을 낸 사람조차도 자기 말에 신빙성이 있다고 생각하지 않았다. 깊은 곳까지 조사를 한 후 늦은 밤이 돼서야 드디어 상황이 명확해졌다.

시험용 석탄층에서 여덟 곳의 석탄 지대가 갈라져 나왔는데 그중 가장 좁은 곳은 지름이 1미터가 채 안 되는지라 발견하기가 어려웠다. 다섯 곳은 방화벽에 막혀 있었으나 나머지 세 곳은 아래로 나아가 방화벽 밑 부분을 넘어갔다. 뱀처럼 갈라진 이 세 석탄 지대 중 두 곳은 중도에 끊겼지만 한 곳은 대형 석탄층과 직접 연결돼 있었다.

이 석탄 지대는 석탄으로 메워진 지층 때문에 틈이 갈라져 있었는데, 이 틈은 지표와 연결돼 있어서 불이 번지기에 좋은 산소를 제공받고 있었다. 결국 이 석탄 지대가 시험용 석탄층과 대형 석탄층을 연결하는 도화선이 됐다.

이 석탄 지대는 리민셩이 제공한 지질 자료에 표시되지 않은 곳이었다. 실제로 좁고 긴 이 석탄 지대는 탄광 지질에서는 쉽게 볼 수 있는 곳이 아니었다. 결국 이렇게 대자연의 잔혹한 놀이가 시작됐다.

"방법이 없었어. 아이가 큰 병에 걸려서 계속 신장 투석을 해야 해. 나한테는 이번 사업으로 받는 보수가 너무 중요했어. 그래서 너를 막지 않았던 거야."

얼굴이 창백해진 리민셩은 류신의 눈을 피했다.

또다시 새벽, 광산과 산봉우리 사이의 풀밭은 이제 전체적으로 진녹색을 띠었다. 류신, 리민셩, 그리고 아구리는 땅불을 사이에 둔 산봉우리에 서 있었다. 어제 두 사람이 본 원형 구역의 풀은 아예 누르스름하게 변해 있었다. 게다가 자욱한 증기 때문에 산 아래에 광산은 제대로 보이지도 않았다.

아구리가 류신에게 말했다.

"신장의 탄광 소방대원들이 설비를 실은 전용 비행기를 타고 타이위안에 도착했습니다. 이제 곧 이곳에 도착할 겁니다. 전국의 다른 지역에서도 이곳을 집중적으로 지원하고 있습니다. 현재 상황은…… 불길이 매우 거세 순식간에 불이 사방으로 퍼지고 있습니다."

류신은 아무 말도 하지 않고 아구리를 바라보다 작은 목소리로 물었다.

"아직 구할 수 있습니까?"

아구리는 살짝 고개를 저었다.

"얼마나 희망이 있는지 알려 주십시오. 만약 산소 공급 통로를 막거나 물을 주입해서 불을 끈다면……."

아구리는 다시 고개를 가로저으며 입을 떴다.

"저는 태어나서 줄곧 이 일을 해 왔습니다. 그러나 땅불은 여전히 우리 고향을 불태우고 있습니다. 제가 땅불 앞에서 박사님은 아이에 불과하다고 말한 적이 있을 겁니다. 박사님은 땅불이 무엇인지 모릅니다. 그 깊고 깊은 지하에서 땅불은 독사보다 교활하고 유령보다 종잡을 수가 없습니다.

땅불이 어디로 갈지 갈피를 잡을 수 없기 때문에 일반 사람은 막을 수가 없어요. 이곳 지하에 매장된 엄청난 양의 석탄은 마귀가 수억 년 동안 갈망해 왔던 것입니다. 그런데 지금 박사님이 마귀를 풀어 주었어요. 이제 그 마귀는 끝도 없는 힘과 에너지를 손에 쥘 겁니다. 이곳의 땅불은 신장의 백 배 이상은 될 거예요!"

절망한 류신은 아구리의 두 어깨를 붙잡고 흔들었다.

"희망이 얼마나 됩니까? 사실대로 말해 주세요!"

"전혀 없습니다."

아구리는 작은 목소리로 말을 이었다.

"류 박사님은 이번 생에 지은 죄를 다 씻지 못할 겁니다."

마귀의 증기

광무국에서 긴급회의가 열렸다. 회의에는 광무국 주요 대표와 탄광 다섯 곳의 소장 외에도 시장을 포함해 사태를 걱정하는 시청 공무원들이 참석했다. 그들은 회의를 통해 긴급 지휘 센터를 조직하고 국장에게 센터장을 맡겼다. 류신과 리민셩은 대책팀에 포함됐다.

가장 먼저 류신이 입을 열었다.

"저와 리민셩 기사는 최선을 다해 이 문제를 해결하고자 노력하겠습니다. 먼저 저희 둘은 죄인임을 인정하겠습니다."

옆에 있던 리민셩은 고개를 숙이고 아무 말도 하지 않았다.

국장이 유신의 말을 받았다.

"지금은 책임을 따질 때가 아닙니다. 생각할 시간에 행동을 하십시오. 이 말을 누가 했는지 아십니까? 바로 류 박사 부친입니다. 그 말을 들을 당시 저는 류 박사의 아버지가 팀장으로 있는 팀의 기술자였습니다.

어느 날, 저는 생산량 목표를 달성하기 위해 그분의 경고를 무시하고 마음대로 채굴 범위를 늘렸습니다. 그러던 중 작업 지점에서 엄청난 양의 물이 쏟아지는 일이 벌어졌습니다. 당시 같은 팀에 있던 스무 명이 넘는 사람들이 물 때문에 갱도 한쪽에 갇혔습니다. 안전모에 달려 있던 전등이 모두 꺼졌지만 라이터를 함부로 사용할 수 없었습니다. 가스가 있을지도 모르는 일인데다 산소를 아껴야 했기 때문입니다.

물 때문에 밖으로 나갈 수 있는 통로가 모두 막혀 버렸습니다. 손을 펴도 손가락이 보이지 않을 정도로 어두웠습니다. 그때 팀장님은 위에 다른 갱도가 있는 걸 기억한다며 천장 두께는 그리 두껍지 않다고 말했습니다. 이어서 팀장님이 괭이로 천장을 파는 소리가 들렸습니다. 같이 있던 동료들도 어둠 속에서 더듬거리며 괭이를 찾아 들고는 천장을 파기 시작했습니다. 하지만 갈수록 산소가 부족해지면서 가슴이 답답하고 현기증이 났습니다. 갱도 안은 밖에서는 상상도 못 할 정도로 어두웠습니다. 그 상황에서 괭이가 서로 부딪칠 때 일어나는 불꽃만 간간이 보였습니다.

팀장님은 사는 게 원래 고통이라며 저를 지탱해 주셨습니다.

그분은 어둠 속에서도 저에게 수차례 이 말을 해 줬습니다. '생각할 시간에 행동하라' 얼마나 팠을까요. 공기가 부족해서 정신을 잃을 때쯤 천장에 구멍이 났습니다. 위에 있는 갱도에 설치된 조명등이 우리가 있는 곳을 비춰 주었습니다.

훗날 팀장님은 당신도 천장이 얼마나 두꺼운지 몰랐다고 하시더군요. 하지만 위기에 처했을 때는 너무 많이 생각하지 말고 일단 행동해야 한다고 하셨습니다. 시간이 많이 흘렀지만 팀장님이 강조하셨던 그 말은 아직도 제 마음에 깊이 새겨져 있습니다. 오늘 팀장님을 대신해 제가 류 박사에게 이 말을 전해 주고 싶습니다."

전국 각지에서 온 전문가들은 신속하게 해결 방안들을 내놓았지만 그중에서 실현 가능한 방법은 오직 세 가지였다. 첫째는 지하로 흘러 들어가는 산소를 차단하는 것이고, 둘째는 그라우트커튼으로 불길을 차단하는 것이며 마지막은 지하로 대량의 물을 주입해서 불을 끄는 것이었다.

이 세 가지 방법을 순차적으로 실행했다. 첫 번째 방법은 효과가 없었다. 지하로 통하는 산소 공급 통로의 위치를 찾기가 어려웠고, 설령 찾았다 해도 완전히 틀어막는 게 쉽지 않았다. 두 번째 방법은 얕은 석탄층에서는 효과가 있었지만 지하에서 빠르게 번지는 불길을 따라잡기엔 역부족이었다. 결국 마지막으로 남은 세 번째 방법에 희망을 걸어야 했다.

정보가 부족해 소방 작업은 더디게 진행됐다. 런치우 유전에서 급조한 고출력 시추기는 사람들의 호기심 어린 시선을 받으며 석탄 도시의 도로를 지나갔다. 이 밖에도 군부대가 광산에 들어왔고 하늘에는 헬리콥터가 날고 있었다. 불안한 분위기가 광산을 가득 메우고 있었고 각종 유언비어가 들불처럼 퍼져 갔다.

대형 시추기가 불이 난 곳 위에 일자로 넓게 늘어서 있었다. 구멍을 뚫고 수백 대에 달하는 고압 물 펌프로 푸른 연기와 뜨거운 열기가 올라오는 구멍에 물을 주입했다. 대량의 물이 지하로 집중되면서 광산과 도시에 물 공급이 끊겼고 사람들 사이에 불안과 동요가 심해졌지만 이 방법은 꽤 고무적인 결과를 가져왔다.

지휘 센터의 스크린에는 물을 주입한 구멍을 중심으로 어두운 색의 동그라미가 나타났다. 이는 다른 곳에 비해 온도가 급격하게 떨어진 지점을 나타내는 것이었다. 만약 이 동그라미가 일렬로 연결돼 있으면 불길이 퍼지는 것을 막을 수 있다는 희망이 생겼다.

그러나 조금이나마 위안을 주던 상황은 그리 오래가지 못했다. 유전에 있던 굴착팀 팀장이 류신을 찾아왔다.

"류 박사님, 이제 더는 갱도에 구멍을 뚫을 수 없습니다!"

시추기와 고압 펌프에서 나는 요란한 소리 때문에 그는 고함치며 말했다.

"지금 농담하십니까? 화재가 난 곳에 물 주입구를 더 늘려야 합니다!"

류신이 소리쳤다.

"안 됩니다! 갱도의 압력이 급속도로 커져서 구멍을 더 내면 가스가 분출할 거예요."

"말도 안 되는 소리입니다. 이곳은 유전이 아니에요. 지하에 고압 석유 가스층도 없는데 뭐가 어떻게 분출됩니까?"

"뭘 알고나 말하시는 겁니까? 당장 시추를 멈추고 사람들을 해산시키겠습니다!"

화가 난 류신은 기름때로 새카매진 팀장의 옷깃을 붙잡았다.

"안 됩니다! 제 명령에 따라 더 시추하십시오. 가스는 절대 분출되지 않습니다. 제 말을 들었습니까? 분출되지 않아요!"

이 말이 끝나기 무섭게 굴착 장치에서 굉음이 들려 왔다. 두 사람은 소리가 나는 쪽으로 고개를 돌렸다. 구멍을 막고 있던 묵직한 장치가 반으로 쪼개지더니 지하에서 누르스름한 흙탕물이 비명 소리를 내며 쏟아져 나왔다. 쪼개진 드릴이 솟구치는 물을 타고 사방으로 날아갔다. 사람들은 소리를 지르며 도망쳤다. 흙탕물은 점점 옅어지다가 눈처럼 하얀색으로 변했다.

옅어진 물을 보고 사람들은 지하에 주입한 물이 땅불에 가열돼 고압 증기가 됐다는 사실을 알았다. 류신은 굴착 장치 꼭대기에 걸려 있는 시신을 발견했다. 그 시신은 휘몰아치는 수증기에 심하게 흔들리면서 형체가 제대로 보이지 않았다. 근처에 있던 작업자들의 자취는 온데간데없이 사라졌다.

곧이어 더 무서운 장면이 눈앞에 나타났다. 거대한 용 머리 같은 수증기가 지면을 벗어나 서서히 위로 올라가더니 마지막에는 굴착 장치 꼭대기까지 올라갔다. 그 모습이 마치 하늘에 우뚝 솟아 있는 하얀 마귀 같았다. 이 마귀와 지면의 갱 입구 사이에는 파손된 탑 외에 아무것도 없었다. 오로지 무시무시한 소리만 들려올 뿐이었다.

몇몇 젊은 작업자들이 분출이 멈췄다고 판단했는지 망설이면서 구멍 쪽으로 다가갔다. 이를 본 류신은 사력을 다해 소리쳤다.

"죽고 싶어? 증기가 과열됐잖아!"

현장에 있던 엔지니어들은 눈앞에 펼쳐진 상황을 금세 파악했지만 다른 이들이 단번에 이해하기는 쉽지 않았다. 흔히 생각하는 것과 달리 수증기는 눈에 보이지 않는다. 눈에 보이는 안개 같은 수증기는 공기 중에서 응결돼 맺힌 작은 물방울일 뿐이다. 물은 고온·고압에서 400~500도씨까지 이를 정도로 과열된 증기를 형성한다.

이런 수증기는 곧바로 응결되지 않기에 확인하기가 어렵다. 이토록 뜨거운 증기는 원래 화력발전소의 고압 증기터빈에서만 존재하지만 사고로 인해 잘못 분출되면 단시간 내에 벽돌담도 통과할 수 있었다.

방금 전까지 축축하던 탑이 보이지 않는 수증기 속에 바짝 말랐고, 공중에 걸려 있던 굵은 고무관 몇 개가 초처럼 녹아 내렸다. 이 마귀 같은 수증기가 계속 탑에 부딪히면서 머리칼이 바짝 설 정도로 큰 굉음을 냈다.

지하에 물을 주입하는 것은 이제 불가능했다. 설사 물을 주입하더라도 불을 끄기보다는 오히려 연소를 돕는 역할을 할 확률이 컸다.

긴급 지휘 센터의 전체 구성원이 땅불에서 가장 가까운 3호 탄광의 4호 갱 입구 앞으로 왔다.

"불이 광산의 채굴 지역 가까이까지 왔습니다. 만약 불이 채굴 지역을 덮치면 갱도는 땅불이 강력한 힘을 얻을 수 있는 산소 공급 통로가 될 겁니다. 그러면 땅불의 화력은 몇 배나 더 급격하게 세질 거예요. 지금 상황이 이렇습니다."

아구리가 말했다.

그는 말을 멈추고 불안한 눈빛으로 국장과 3호 탄광소장을 바라봤다. 그는 석탄 채굴에서 가장 금기시하는 것이 무엇인지 알고 있었다.

"현재 갱내 상황은 어떻습니까?"

국장은 동요하지 않고 침착하게 물었다.

"갱 여덟 곳의 석탄 채굴과 착굴 작업은 정상적으로 이뤄지고 있습니다. 상황을 안정시키기 위한 조치였습니다."

광산소장이 대답했다.

"전부 중단하고 갱내에 있는 작업자들을 모두 철수시키십시오. 그 다음에는……."

국장은 말을 끝맺지 못하고 잠깐 동안 아무 말도 하지 않았다.

국장의 말을 기다리던 사람들에게는 그 짧은 순간이 한없이 길게 느껴졌다. 곧이어 국장은 사람들의 마음을 후벼 파는 말을 했다.

"갱을 폐쇄하십시오."

"아니요, 절대 안 됩니다! 갱을 폐쇄하면 사회에 큰 혼란이 일어날 거고, 그리고……."

리민성은 자기도 모르게 소리쳤지만 국장의 말을 마땅히 반대할 이유가 없었다.

"그만하면 됐네."

국장은 가볍게 손을 흔들며 말했다.

"자네 마음이 어떨지 잘 알아. 나도 그렇고 여기 있는 사람들 모두 같은 마음이야."

리민성은 머리를 감싸 쥐고 땅에 꿇어앉았다. 그의 두 어깨는 떨고 있었지만 울음소리는 나지 않았다.

광무국의 지도부와 엔지니어들은 갱 입구를 마주 보고 묵묵히 서 있었다. 넓은 갱 입구는 커다란 눈동자처럼 그들을 쳐다보고 있었다.

얼마나 지났을까 광무국 총괄 기사가 작은 목소리로 침묵을 깼다.

"갱내에 있는 설비 중 가져올 수 있는 건 모두 가지고 나오십시오."

"그러면 폭파팀을 조직합시다."

광산소장이 말했다.

"시간이 촉박하니 먼저 시작하십시오. 저는 부서에 요청하겠습니다."

국장이 고개를 끄덕이며 말했다.

"공병을 동원할 수 없습니까? 광부로 구성된 폭파팀에게 맡겼다가 문제가 생길까 걱정입니다."

광무국 당 위원회 서기가 말했고 이어서 광산소장이 답했다.

"그 부분은 고려해 봤습니다. 지금 이곳에 올 수 있는 공병은 한 소대뿐입니다. 한 명도 아쉬울 때예요. 게다가 공병들에게도 갱내 폭파는 낯선 작업입니다."

오래된 석탄 기둥

불이 난 곳에서 가장 가까운 위치에 있는 4호 갱의 석탄 채굴이 가장 먼저 중단됐다. 갱내 광부들은 궤도차를 타고 한 팀 한 팀 갱 입구로 나왔다.

수백 명으로 구성된 폭파팀이 갱 입구를 둘러싸고 무엇인가 기다리고 있는 모습이 보였다. 사람들이 다가가 무슨 일인지 물어보았지만 폭파팀에 속한 광부들조차도 자기들이 무엇을 해야 하는지 알지 못했다. 그들은 그저 지시에 따라 설비를 가지고 와서는 대기 중이었다.

그러다 별안간 사람들의 시선이 한 방향으로 쏠렸다. 갱 입구를 향해 차량 행렬이 이어졌다. 가장 앞에 있는 차에는 총을 소지한 무장 군인들로 꽉 차 있었다. 그들은 차에서 내린 다음 뒤따라오는 트럭을 위해 주차장을 에워쌌다.

이어서 들어온 트럭 열한 대가 주차를 마치고 군인들이 곧바로 방수포를 걷어 내자 차곡차곡 쌓인 노란색 나무 상자가 모습을 드러냈다. 광부들은 순간 넋이 나가 버렸다. 그 안에 무엇이 들어 있는지 너무나도 잘 알고 있었기 때문이다.

트럭에 가득 실려 있는 나무 상자마다 24킬로그램의 질산암모늄 2호 폭약이 담겨 있었다. 총 중량은 약 50톤에 달했고 마지막 작은 트럭에는 폭약을 묶는 대나무 살과 검은색 비닐봉투가 쌓여 있었다. 광부들은 그 안에 전기뇌관이 들어 있을 것이라 짐작했다.

류신과 리민성은 운전석에서 내리자마자 조금 전 임명을 받은 폭파팀 팀장을 찾았다. 건장한 체격에 구레나룻을 기른 팀장은 도면을 들고 두 사람을 맞으러 다가갔다.

"리 기사, 이것으로 무엇을 하라는 거요?"

팀장이 도면을 펴고 리민성에게 물었다.

도면을 가리키는 리민성의 손이 살짝 떨렸다.

"폭파할 곳은 총 세 곳입니다. 각 길이는 35미터고 구체적인 위치는 아래 도면에 있습니다. 폭파 구멍은 150밀리미터와 75밀리미터로 나뉘고, 구멍에 사용할 폭약량은 미터당 28킬로그램과 14킬로그램이며, 폭파 구멍 밀도는······."

"우리에게 무엇을 시키는 건지 물어봤소!"

리민성은 고개를 숙인 채 불같이 화를 내는 팀장에게 아무 말도 하지 못했다.

팀장은 사람들을 향해 외쳤다.

"형제들이여, 저들이 갱도를 폭파하려 합니다!"

광부들 사이에 웅성웅성 소란이 일어났다. 무장 군인들은 반원형의 봉쇄선을 이루면서 무리를 짓고 압박해 오는 광부들이 트럭 가까이로 오지 못하게 막았다. 그러나 거세게 다가오는 사람들에 떠밀려 봉쇄선은 금세 무너질 상황까지 갔다.

이 모든 상황이 암울한 침묵 속에서 일어나고 있었다. 지금 이곳에는 수많은 발걸음과 곳곳에서 노리쇠를 당기는 소리만 들렸다.

한창 대치하던 사람들이 갑자기 행동을 멈추고 한곳을 바라봤다. 국장과 광산소장이 트럭 발판에 발을 딛고 모습을 드러냈다.

한 광부가 큰 소리로 말했다. 석탄가루에 까맣게 물든 그의 얼굴에는 칼로 새긴 것 같은 주름이 선명하게 보였다.

"저는 열다섯 살 때부터 여기서 일했습니다. 그런데 이 갱을 무너뜨리겠다고요?"

광부들이 성토하는 소리가 이어졌다.

"갱을 폭파하면 우린 앞으로 무얼 먹고 삽니까?"

"무엇 때문에 갱을 폭파하려는 겁니까?"

"지금 일로도 힘에 부치는데 우릴 더 괴롭히려는 겁니까?"

화가 극도에 달한 사람들은 너도나도 분노의 목소리를 냈다. 석탄가루로 까매진 얼굴과 새하얀 이가 선명하게 대비됐다. 사람들이 잠잠해질 때까지 침착하게 기다리던 국장은 광부들 사이에서 통제 불능의 소란이 일어날 때쯤 말문을 열었다.

"여러분 저쪽을 보십시오."

국장은 갱 입구 옆 작은 언덕을 가리켰다. 크지 않은 목소리였지만 분노의 목소리는 한순간에 잠잠해졌다. 사람들은 국장이 가리키는 방향을 쳐다봤다.

작은 언덕에는 검은 석탄 기둥이 서 있었다. 높이는 2미터 정도였고 굵기는 제각각이었다. 석탄가루가 가득 쌓인 돌난간이 석탄 기둥들을 둘러싸고 있었다.

"여러분은 이것을 석탄 기둥이라 부르지만 아시다시피 처음에는 기둥이 아니라 네모반듯한 석탄 덩어리였습니다. 백여 년 전 청나라 시기, 장지동이 광산 설립 기념회 때 세웠죠. 그동안 온갖 풍파를 맞으면서 깎이고 깎여 지금은 저렇게 기둥이 됐습니다. 그 긴 시간 동안 우리의 이 광산은 수도 없이 많은 재난을 겪었습니다. 우리 말고 누가 이것을 똑똑히 기억하겠습니까? 결코 짧지 않은 시간이었습니다. 동지 여러분, 자그마치 4, 5대를 거쳤습니다! 이 긴 시간 속에서 우리는 무엇인가 기억하고 무엇인가 배워야 합니다. 아무것도 기억하지 못하고 배우지 못했다 해도 하나는 기억하고 배웠습니다. 그것은 바로……."

국장은 까만 얼굴을 한 광부들에게 두 손을 흔들며 말을 이었다.

"하늘, 바로 저 하늘은 무너지지 않는다는 것입니다!"

자리에 있던 광부들은 숨조차 멈추고 그대로 굳어 버렸다.

"중국의 산업 노동자들과 무산계급들은 우리보다 역사가 길지 않습니다. 우리만큼 온갖 풍파와 재난을 겪지도 않았습니다. 그러나 광부들의 하늘이 무너진 적이 있습니까? 없습니다! 우리가 지금 여기에 서서 저 오래된 석탄 기둥을 볼 수 있다는 것 바로 그것이 이를 증명해 줍니다. 우리의 하늘은 무너지지 않습니다. 과거에도 무너지지 않았고 앞으로도 무너지지 않을 겁니다!

우리에게 팍팍한 삶이 어디 드문 일입니까? 동지 여러분, 우리 광부들이 언제 한번 발 뻗고 편히 산 적이 있습니까? 먼 조상 때부터 우리가 언제 쉽게 살아온 적이 있냔 말입니다! 손가락을 꼽으며 셈해 봐도 중국 산업과 세계 산업이 얼마나 발전하든 노동자들이 얼마나 되든 우리보다 더 힘든 일이 있습니까? 없습니다. 정말 없습니다. 우리에게 고된 삶이 어디 드문 일입니까? 고되지 않은 게 오히려 이상할 정도입니다. 우리는 하늘을 지고 있을 뿐만 아니라 땅도 지탱해야 합니다. 고된 삶을 두

려워했다면 우리는 진작에 대가 끊겼을 겁니다!

하지만 사회와 과학은 발전하고 있습니다. 머리 좋은 사람들이 우리를 위해 방법을 생각해 냈습니다. 우리 중에 이 고달픈 삶을 바꾸는 걸 반대하는 사람은 없습니다. 어두컴컴한 갱에서 벗어나 태양 아래서, 파란 하늘 아래서 석탄을 캐고 싶지 않습니까? 그렇게 된다면 광부의 삶은 훨씬 쾌적해질 겁니다.

이 희망이 얼마 전 나타났습니다. 믿지 못하겠으면 남산 골의 하늘 높이 솟구치는 큰 불기둥을 보십시오. 바로 이 노력이 있었기 때문에 재난이 일어난 겁니다. 이것에 관해서는 차차 여러분에게 상세히 설명하겠습니다. 지금 여러분은 이것이 광부들에게 일어나는 마지막 재난이라는 것만 알아 두십시오. 이것은 우리의 아름다운 내일을 위해 치러야 하는 대가입니다. 그러니 모두 똘똘 뭉쳐서 이겨 냅시다. 몇 대가 지나더라도 하늘은 무너지지 않습니다!"

자리에 있던 광부들이 하나둘 조용히 자리를 떠났다. 류신이 국장에게 말했다.

"이제야 국장님과 제 아버지를 제대로 알았습니다. 죽어도 여한이 없습니다."

"일만 해. 생각할 시간에 행동을 하라고."

국장은 류신의 어깨를 툭툭 치며 말했다.

4호 갱의 주요 갱도 폭파 작업을 시작한 지 하루가 지난 후, 류신과 리민성은 함께 그 갱도를 걸었다. 그들의 발걸음 소리가 빈 굴에 메아리쳤다. 첫 번째 폭파대를 지나고 있는데 희미한 등불 아래로 빽빽하게 밀집돼 있는 구멍이 보였다. 그 구멍 사이로 채색된 폭포처럼 위에서 아래로 축 늘어진 전선이 한 무더기나 쌓여 있었다.

"예전에 나는 갱을 증오한다고 생각했어. 내 청춘을 모두 집어삼켰다고 원망했지. 그런데 내가 갱과 하나가 됐다는 걸 이제야 깨달았어. 원망하든 사랑하든 갱은 내 청춘이었어."

리민성이 말했다.

"이제 자신을 너무 괴롭히지 말자. 어쨌든 우리는 일을 성사시켰어. 영웅이 될 수도 있고 그냥 죽을 수도 있어."

류신이 말했다.

두 사람은 어느새 죽음까지 이야기하는 자신들을 발견하고는 더 이상 아무 말도 하지 않았다.

이때 아구리가 뒤에서 숨을 헐떡거리면서 뛰어와 갱도 천장을 가리키며 말했다.

"리 기사님, 보십시오!"

아구리는 굵고 큰 호스들을 가리켰다. 갱내 통풍을 위해 설치한 호스인데 납작해져 있었다.

리민성이 크게 놀란 표정으로 물었다.

"세상에나…… 언제 통풍이 멈췄나요?"

"두 시간 정도 됐습니다."

리민성은 바로 무전기를 켜서 통풍을 담당하는 부서의 과장을 불렀다.

곧바로 통풍부 과장이 응답했다.

"통풍을 정상으로 되돌릴 방법이 없습니다. 리 기사님, 아래에 있는 송풍기, 모터, 방폭 스위치, 일부 호스 등 통풍 설비가 모두 해체됐습니다."

"이런 제기랄. 이 바보 같은 자식아! 누가 너희 보러 해체하라고 했어. 죽고 싶어?"

리민성은 이성을 잃고 욕을 했다. 통풍부 과장이 맞받아쳤다.

"리 기사, 무슨 말을 그렇게 하나! 누가 해체하라고 했겠어? 갱을 폐쇄하기 전 갱내 설비를 최대한 많이 옮기라고 한 건 광무국의 지시였어. 채굴 중단 회의에 리 기사도 참석했잖아! 우리가 꼬박 이틀 동안 잠도 못 자고 해체한 설비가 수백만 위안에 이른다고. 그런데 우리가 리 기사에게 욕이나 먹어야겠어? 갱이 모두 폐쇄됐는데 공기가 통할 구멍이 어디 있겠어!"

리민성은 긴 한숨을 쉬었다. 지금까지 상황의 진상을 제대로 밝히지 않아 일어난 불협화음이었다.

더 이상 무전기가 울리지 않자 류신이 리민성에게 물었다.

"통풍을 멈추면 안 되는 거야? 지하로 들어가는 산소량을 줄일 수 있지 않아?"

아구리가 멍하니 서 있는 리민성을 대신해 말했다.

"류 박사님, 이론만 해박하고 현실은 전혀 모르는군요. 막상 현실에 부딪히니 아는 게 아무것도 없어요. 리 기사님 말처럼 류 박사님은 꿈만 꿀 줄 아는 몽상가예요!"

석탄층에 불이 난 후로 아구리는 류신에게 조금도 예의를 갖추지 않았다.

정신이 들었는지 리민성이 입을 열었다.

"이곳의 석탄층은 가스 다발 지역이야. 통풍을 멈추면 가스가 갱내로 빠르게 모이게 돼. 그게 땅불과 만나면 대폭발이 일어날지도 몰라. 폐쇄한 갱 입구를 날려 버릴 정도로 위력이 큰 폭발이 말이야. 새로운 산소 공급 통로 정도는 쉽게 날려 버릴 거야. 안 되겠다. 폭발대를 하나 더 늘려야겠어."

"그러나 리 기사님, 상부에 있는 두 번째 폭발대도 이제 겨우 반 정도 진행됐습니다. 세 번째는 아직 시작도 안 했고요. 땅불이 남쪽 채굴 구역에 가까워졌습니다. 원래 계획한 세 개도 완성하지 못할 수 있습니다."

"나에게…… 나에게 생각이 하나 있는데 가능한지 모르겠어."

류신이 조심스럽게 말을 꺼냈다.

"참나, 이건 정말이지…… 전에 없던 일들이에요! 류 박사님, 아직도 확정하지 못한 일이 있습니까? 아직도 사람들에게 물어보고 결정해야 하는 일이 있냐고요?"

아구리가 냉소적으로 말했다.

"제 말은, 현재 여기서 가장 깊은 곳에 있는 폭발대는 이미 완성했잖습니까. 이 폭발대를 먼저 폭파할 수 있는지 보자는 겁니다. 갱내에 폭발이 일어나도 보호벽 하나는 있습니다."

"진작에 했어야 했어. 폭발 규모가 커서 갱도 안에 유독가스와 분진이 오랫동안 정체돼 있으면 이어지는 작업을 할 수 없어."

리민성이 한숨을 쉬며 말했다.

땅불이 퍼지는 속도는 예상보다 빨랐다. 시공 조직 위원회는 두 폭발대만 폭발하기로 결정하고 신속하게 갱내에 있는 시공자들을 철수시키기로 했다. 날은 금세 어두워졌다. 관계자들은 갱 입구에서 멀지 않은 곳에 위치한 생산동에서 도면을 펴 놓고 주요 갱도가 아닌 갱도의 최단거리를 이용해서 도화선을 끌어내는 방법을 찾고 있었다.

"들어 보세요!"

리민성이 불쑥 말했다.

마치 땅이 딸꾹질을 하는 것 같은 소리가 어렴풋이 지하에서 올라 왔다. 몇 초 후 다시 나지막한 소리가 울렸다.

"가스폭발입니다. 땅불이 이미 채굴 구역까지 왔어요!"

아구리가 긴장한 목소리로 말했다.

"아직 거리가 조금 남았다고 하지 않았습니까?"

누군가가 물었지만 아무도 대답하지 않았다. 류신의 두더지 탐측기는 이미 다 투입된 상태였다. 하지만 기존 탐측 수단으로는 땅불의 위치와 진행 속도를 정확히 파악하기가 어려웠다.

"어서 사람들을 철수시키십시오!"

리민성이 무전기를 들고 외쳤지만 아무런 응답이 없었다.

폭파팀에 속한 한 광부가 말했다.

"갱에 들어가기 전, 장 팀장이 무전기가 고장 나면 어찌나 걱정하는 걸 봤습니다. 더군다나 아래에는 시추기 수십 대가 동시에 작동하고 있어서 무전이 제대로 들릴지 모르겠군요."

리민성은 안전모도 쓰지 않고 생산동으로 달려갔다. 궤도차에 올라탄 리민성은 차를 몰고 금세 갱으로 달려갔다. 뒤따라오던 류신은 자신에게 손을 흔드는 리민성을 걱정스러운 눈빛으로 바라봤다.

지하에서 딸꾹질 소리가 다시 몇 번 들리더니 이내 잠잠해졌다.

류신이 옆에 있는 기사에게 물었다.

"방금 전 폭발로 갱내 가스를 다 소모할 수 있을까요?"

기사가 이상하다는 눈빛으로 류신을 힐끔 쳐다봤다.

"다 소모한다고요? 웃기는 소리 마세요. 석탄층에서 더 많은 가스가 나올 겁니다."

기사의 말이 끝나기가 무섭게 발아래서 엄청난 굉음이 울리더니 갱 입구가 빨간 화염 속에 묻혀 버렸다. 폭발 폭풍으로 류신의 몸이 높은 곳까지 붕 떠올랐다. 그 순간 세상이 그의 눈 속에서 미친 듯이 빙글빙글 돌았다. 그와 함께 돌덩이들과 침목들이 여기저기 떨어져 날아갔다.

류신은 방금 전 갱으로 들어가던 궤도차가 화염과 함께 밖으로 튀어 날아가는 광경을 목격했다. 그 모습이 마치 입에서 뱉어 낸 과일 씨 같았다. 류신은 땅에 쿵 하고 떨어졌다. 곧이어 깨진 돌덩이들이 그의 주변으로 우르르 떨어졌다. 깨진 돌마다 피가 묻어 있었다. 이내 갱 입구에는 화염이 사라지고 짙은 연기가 거세게 일어났다.

1년 후

류신은 지옥을 걷고 있는 것만 같았다. 하늘은 온통 검은 연기로 가득했고 태양은 이제 막 모습을 드러낸 검붉은 원반처럼 보였다. 먼지의 마찰로 일어난 정전기 때문에 구름 속에서 어렴풋하게 작은 번개가 나타났다. 번개가 보일 때마다 땅불 위에 있는 광산은 파란빛 속에 모습을 드러냈다. 그 광경이 낙인처럼 류신의 머릿속에 하나하나 새겨졌다.

먼지 연기가 광산의 갱 입구마다 일었다. 갱 입구가 뱉어 내는 연기 기둥의 아랫부분은 땅불의 무시무시한 검붉은 빛에 붉게 물들었고 윗부분으로 갈수록 검게 변했다. 그 모습은 마치 천지 사이를 꿈틀꿈틀 기어가는 독사 같았다.

도로가 뜨겁게 달궈지면서 아스팔트 노면이 녹아 버렸다. 한 걸음 한 걸음 걸을 때마다 발바닥이 찢겨 나가는 느낌이었다. 길에는 피난 가는 인파와 차량이 가득했다. 후터분한 공기는 유황 냄새가 진동했고 눈꽃 모양의 재가 공중에서 후루루 떨어졌다. 옷이 온통 하얀 재로 쌓인 사람들은 모두 마스크를 쓰고 있었다.

도로는 심하게 붐볐고 무장한 군인들이 질서를 유지하고 있었다. 연기를 뚫고 하늘 위를 날고 있는 헬리콥터에서는 급하게 움직이지 말고 침착하게 이동하라는 말이 확성기를 통해 울려 퍼졌다.

살던 곳을 떠나 터전을 옮기는 이주 작업은 겨울부터 시작됐다. 본래 이 계획은 1년에 걸쳐 진행하기로 했지만 땅불의 기세가 걷잡을 수 없이 거세지면서 긴급하게 실행됐다. 세상이 온통 혼란에 빠졌다. 법원은 류신에 대한 법정 조사를 수차례나 연기했다. 오늘 아침에도 그는 조사를 기다렸지만 이를 담당하는 사람이 한 명도 없었다. 그는 멍하니 밖으로 나왔다.

도로를 제외한 다른 지면들은 말라서 갈라졌다. 갈라진 틈을 가득 메운 먼지와 재가 발을 디딜 때마다 뿌옇게 일었다. 작은 못에는 수증기가 자욱했고 죽은 물고기와 개구리가 검은 수면을 가득 채웠다.

더위가 기승을 부리는 한여름이었지만 초록의 녹음을 전혀 찾아볼 수 없었다. 지면의 풀들은 노랗게 시들었으며 재에 파묻힌 나무는 죽어 버렸다. 일부 살아있는 나무의 가지는 연기에 그을려 목탄처럼 변했는데 그 모습이 마치 괴물의 손처럼 어두운 하늘을 향해 뻗어 있었다.

인적이 사라진 지 오래인 건물 창문에는 짙은 연기만 흘러나오고 있었다. 류신은 땅불의 열을 피해 굴에서 나와 도망가는 쥐들을 봤다. 그는 광산 깊은 곳으로 걸어갔다. 땅불의 열이 그의 복사뼈를 타고 온몸으로 스멀스멀 올라왔다. 공기는 점점 더 후텁지근하고 혼탁해져서 마스크를 쓰고 있어도 숨쉬기 힘들었다.

땅불의 열은 지면마다 달랐다. 류신은 본능적으로 뜨거운 지면을 피해 다녔지만 가면 갈수록 그가 디딜 수 있는 땅은 줄어들었다. 땅불의 열기가 유난히 뜨거운 곳에 서 있는 건물에서는 큰 불이 일어났다. 사방에서 불바다 속 건물이 무너지는 소리가 들렸다.

류신은 연기가 빠져나가는 통로로 변해 버린 갱 입구로 갔다. 시뻘겋게 타고 있는 크고 높은 탑은 열이 솟아오르면서 소름끼치는 소리를 냈다. 류신은 거세게 밀려오는 열기를 피해 먼 길로 돌아가야 했다. 석탄을 골라내던 건물은 이미 연기에 휩싸였고 뒤쪽에 석탄이 쌓여 있던 산에서는 며칠 동안 이어진 불길에 숯이 된 붉은 불꽃이 여기저기서 날아왔다.

사람의 흔적은 더 이상 보이지 않았다. 류신의 발은 화상으로 물집이 생겼고 몸에 흐르던 땀은 모두 말라 버렸다. 숨쉬기가

힘들어 쇼크가 오기 일보 직전이었지만 정신만은 또렷했다. 그는 마지막 남은 힘을 다해 최종 목표물로 걸어갔다. 갱 입구에서 분출하는 땅불의 붉은빛이 그를 부르고 있었다.

류신은 몸을 돌려 갱 입구 맞은편에 있는 생산동으로 걸어갔다. 꼭대기 층에 있는 창문으로 짙은 연기가 자욱하긴 했지만 다행히 아직 불이 나진 않았다. 열린 문을 통해 안으로 들어간 그는 옆으로 돌아 넓은 탈의실로 걸음을 옮겼다.

갱 입구에서 창을 타고 들어오는 땅불로 이곳은 흐릿한 붉은빛이 가득했다. 가지런히 줄지어 있는 사물함을 포함해 모든 것이 땅불의 붉은빛에 이글거렸다. 류신은 사물함을 따라 걸어가면서 위에 적힌 번호를 하나하나 확인하다 찾으려던 번호에 멈춰 섰다.

이 사물함을 보니 어릴 적 추억이 떠올랐다. 아버지가 채굴팀 팀장으로 발령이 난 지 얼마 안 됐을 때였다. 아버지가 맡은 구역은 광부들이 거칠기로 악명 높았다. 그들은 새로 온 팀장인 아버지를 쳐다보지도 않고 무시했다. 그들은 원래 그런 사람들이었다.

어느 날 아버지는 팀원들에게 떨어진 사물함을 고정하는 일을 도와 달라고 요청했다. 그러나 신경 쓰는 사람이 한 명도 없었다. 광부들은 구석에서 거친 말을 내뱉으며 카드놀이만 하고 있었다. 아버지는 할 수 없이 그들에게 못 몇 개만 주면 본인이 직접 사물함을 달겠다고 말했다. 그러자 누군가 아버지에게 못을 던졌다. 아버지는 이어서 망치를 달라고 했으나 이번에는 모두 못 들은 척했다.

잠시 후, 광부들은 놀라서 입이 쩍 벌어졌다. 새로 온 팀장이 큰 힘 들이지 않고 엄지손가락으로 못을 박고 있었다. 그다음부터 상황은 완전히 역전됐다. 광부들은 한 줄로 서서 출근 전 전달 사항을 전하는 아버지를 경외하는 눈빛으로 바라봤다.

아버지의 사물함은 잠겨 있지 않았다. 류신은 사물함 문을 열고 안을 들여다봤다. 아직도 옷이 그 안에 그대로 있었다. 그의 얼굴에 웃음이 번졌다. 20여 년 동안 아버지의 사물함을 쓴 광부들의 모습이 머릿속에 그려졌다.

그는 안에 있는 옷을 꺼내 가장 먼저 두꺼운 작업 바지를 입고 이어서 웃옷을 입었다. 기름때로 찌든 옷에서는 한 번도 맡아 보지 못한 낯설고 짙은 땀 냄새와 기름 냄새가 진동했다. 그 냄새를 맡은 류신은 오히려 마음이 편안하고 차분해졌다. 그는 이어서 고무장화를 신고 안전모를 머리에 썼다. 마지막으로 사물함 안에 들어 있는 광산용 램프를 꺼내어 소매로 등에 묻은 재를 닦아 모자 테에 장착했다.

류신은 이어서 건전지를 찾았지만 보이지 않았다. 옆에 있는 사물함을 여니 그 안에 건전지가 있었다. 그는 가죽 혁대로 묵직한 광산용 램프 건전지를 허리춤에 묶다가 충전하지 않은 것이 문득 생각났다. 광산이 폐쇄된 지 1년이 지났으니 당연한 일이었다.

류신은 탈의실 맞은편에 있는 충전실의 위치를 아직 기억하고 있었다. 어릴 적 그는 그곳에서 여성 광부들이 하얀 연기를 뿜어내는 유황을 건전지에 넣어 충전하는 모습을 여러 번 구경했었다. 하지만 지금은 그러기 어려웠다. 충전실이 황산의 노란 연기로 가득 차 있었기 때문이다. 그는 광산용 램프가 달린 안전모를 다시 꼭 눌러쓴 후 재가 잔뜩 묻은 거울 앞으로 갔다. 붉은빛이 번쩍거리는 거울 맞은편에 아버지의 모습이 비쳤다.

"아버지, 제가 당신을 대신해서 갱으로 내려가겠습니다."

류신은 웃는 얼굴로 말하고는 건물을 지나 땅불이 뿜어 나오는 갱으로 터벅터벅 걸어갔다.

훗날 어느 헬리콥터 조종사는 다음과 같이 회상하며 말했다.

"당시 저는 2호 갱을 낮게 날며 그 일대를 마지막으로 순찰하다 갱 입구에서 얼핏 사람의 자취를 봤습니다. 갱 안에 붉은빛을 뿜어 대는 땅불 속에서 그의 검은 실루엣이 드러났습니다. 그가 갱 아래로 내려간 지 얼마 안 돼 갱 입구에는 불빛만 남고 아무것도 보이지 않았습니다."

120년이 지나고

옛날 사람들은 정말 힘들게 살았던 것 같다.

왜 이런 생각을 하게 됐냐면 오늘 석탄 박물관에 견학을 갔다가 고체 석탄을 봤기 때문이다. 고체 석탄이라는 게 정말 있었다니 너무 어색했다.

박물관에 도착하자 우리는 먼저 이상하게 생긴 옷을 입었다. 등이 달린 모자도 있었는데 전선을 통해 허리에 단 무겁고 네모난 물체와 연결돼 있었다. 처음엔 커다란 이 물체가 무슨 컴퓨터인가 했다. 그런데 알고 보니 모자에 달린 등에 불을 밝혀 주는 건전지였다. 이렇게 큰 건전지는 경기용 자동차에 시동을 걸 때나 쓰는 것인 줄 알았는데 겨우 머리에 다는 작은 등을 밝히는 데 썼다니 믿을 수 없었다.

이어서 우리는 긴 고무장화를 신었다. 선생님 말씀으로는 옛날 광부들이 갱내로 들어갈 때 입었던 복장이라고 한다. 친구 중에 한 명이 갱내가 무슨 뜻이냐고 질문했다. 선생님께서 조금 있으면 알게 될 거라고 하셨다.

우리는 한 줄로 서서 좁은 궤도에 있는 차를 탔다. 옛날 사람들이 타던 기차를 닮았지만 많이 작았고 위에 달린 전선이 전기를 공급해 주고 있었다. 차가 움직이기 시작하는가 싶더니 금세 어두운 동굴 속으로 들어갔다.

안은 정말 깜깜했다. 위에 있는 희미한 작은 등이 가끔씩 보일 뿐이었다. 머리에 있는 등도 희미하기는 마찬가지라 주변에 있는 친구들 얼굴만 간신히 볼 수 있었다.

세차게 부는 바람 소리가 귓가를 스치고 지나가더니 깊은 곳으로 추락하는 느낌이 들었다. 그 순간 애나가 비명을 질렀다. 그 소리 때문에 나도 깜짝 놀라고 말았다.

"여러분, 우리는 지금 막 갱내로 들어왔어요!"

선생님께서 말씀하셨다.

얼마나 지났을까, 차가 멈췄다. 우리는 넓은 터널에서 갈라진 길로 들어갔다. 이 동굴은 좁고 작았다. 머리에 달린 등이 아니었으면 몇 번이나 벽에 부딪혔을 거다. 사실 등이 이래저래 흔들려서 제대로 보이는 게 아무것도 없었다. 애나와 몇몇 여자애들은 무섭다며 또 비명을 질렀다.

잠시 후, 우리 앞에 넓은 공간이 펼쳐졌다. 그 공간에는 기둥 몇 개가 받치고 있는 천장이 있었다. 맞은편에 작은 불빛들이 보였는데 알고 보니 머리에 있는 것과 똑같은 등에서 나오는 불빛이었다. 조금 더 가까이 다가가 보니 그 안에서 많은 사람이 일을 하고 있었다. 그들은 드릴 같은 긴 기계로 동굴 벽에 구멍을 내고 있었다. 그 기계가 어떻게 작동하는지 모르겠지만 머리카락이 쭈뼛 설 정도로 시끄러운 소리가 났다.

어떤 사람은 삽으로 검은 물체를 궤도차에 싣고는 컨베이어 벨트에 보냈다. 조금 이따 먼지가 뿌옇게 일어나더니 사람들이 모습을 감췄다. 그곳에는 사람들 머리에 달렸던 등만 먼지 속에서 빛을 밝히고 있었다.

"여러분, 우리는 지금 석탄 채굴장에 있어요. 여기서 예전에 석탄 채굴 작업을 하는 장면을 볼 수 있어요."

선생님께서 말씀하셨다.

몇몇 광부가 우리가 있는 방향으로 왔다. 홀로그램이라 길을 비켜 주지 않아도 됐다. 광부가 내 몸 뚫고 지나갈 때 그들을 자세히 살펴보다 그만 화들짝 놀랐다.

"선생님, 옛날 광산은 흑인만 고용했어요?"

"이 질문의 답을 찾기 위해 우리는 당시 채굴 작업을 직접 체험할 거예요. 자, 여기를 주목하세요. 이건 실제 체험이에요. 그러니 여러분 오른쪽 주머니에서 마스크를 꺼내 써야 해요."

우리는 마스크를 쓰고 선생님의 말씀을 이어서 들었다.

"여러분, 주목하세요. 이건 홀로그램이 아니라 진짜 체험하는 거예요."

검은 재들이 허공에 둥둥 날아다녔다. 머리에 있는 등에서 밝은 빛이 나왔고 수많은 재들이 등불에 반사돼 반짝반짝 빛나고 있었다. 그런데 애나가 또다시 비명을 질렀다. 무슨 합창이라도 하듯 이어서 다른 여자아이들도 따라 비명을 질렀다. 곧이어 남자아이들의 목소리도 들려왔다.

고개를 돌려 다른 아이들을 놀리려다 나도 그만 비명을 지르고 말았다. 친구들이 모두 검게 변해 있었기 때문이었다. 마스크를 쓴 부분만 하얀 얼굴이었다. 바로 그때 앙칼진 비명이 들렸다. 선생님이 내지른 소리였다.

"이걸 어째, 쓰야! 너 마스크를 안 썼구나?"

쓰야는 마스크를 쓰지 않고 있어서 홀로그램 광부들처럼 얼굴이 온통 검게 변해 있었다.

"선생님께서 역사 과목을 배우는 핵심은 과거의 느낌을 체험해 보는 데 있다고 하셨잖아요. 저는 오늘 제대로 느끼고 싶었어요."

까만 얼굴을 한 쓰야는 말할 때마다 하얀 이가 반짝반짝 빛났다.

어디선가 경보음이 울리더니 물방울을 닮은 자기 부상 자동차가 가까이 다가와 멈춰 섰다. 최신식 자동차는 어딘지 모르게 이곳과 어울리지 않았다. 곧이어 의사 선생님 두 분이 차에서 내렸다. 진짜 석탄가루는 모두 흡수되고 홀로그램 석탄가루만 주위에 떠 있어서 의사 선생님의 하얀 가운은 하나도 더러워지지 않았다. 의사 선생님은 쓰야를 차에 태웠다.

"얘야, 네 폐가 심각한 손상을 입었단다. 최소 일주일은 입원해야 해. 네 부모님께는 우리가 알려줄게."

의사 선생님이 쓰야를 쳐다보며 말했다.

"잠시만요!"

쓰야가 소리쳤다.

쓰야의 떨리는 손에는 정밀하게 만든 마스크가 들려 있었다.

"100여 년 전 광부들도 이걸 썼어요?"

"쓸데없는 소리 하지 말고 어서 병원으로 가. 어쩌면 이리 한심하니!"

선생님이 쓰야에게 소리치셨다.

"저는 옛날 사람들과 같은 행동을 했을 뿐인데 왜……."

쓰야가 말을 다 끝맺지도 못했는데 차 문이 닫혔다.

의사 선생님 한 분이 차에 올라타기 전에 선생님을 가리키며

엄하게 말했다.

"박물관에서 이런 사고는 처음입니다. 선생님은 이에 대한 책임을 지셔야 할 겁니다!"

의사 선생님들이 탄 차는 올 때와 마찬가지로 소리도 없이 가 버렸다. 우리는 계속 주변을 둘러봤다. 선생님은 울상을 하고서 말씀하셨다.

"갱내에서 하는 모든 작업은 위험하고 또 엄청난 체력을 요구해요. 한 예로 여기 있는 쇠기둥은 작업 면에서 채굴이 끝나면 다시 철수했어요. 이걸 동발이라고 불러요."

광부 한 명이 쇠망치로 지지대 중간의 쇠기둥을 쳐서 지지대를 두 부분으로 해체한 후 어깨에 짊어지고 갔다. 나는 남자아이 한 명과 땅에 누워 있는 지지대를 옮겨 보고서야 얼마나 무거운지 알았다.

"동발은 위험한 작업이에요. 쇠기둥을 해체하는 과정에서 작업 면이 무너질 수 있기 때문이에요."

선생님께서 말씀하시는데 머리 위에서 이상한 마찰음이 났다. 고개를 드니 기둥을 치운 작업 면의 암석이 쩍쩍 벌어지고 있었다. 미처 반응을 하기 전에 무너져 내렸지만 홀로그램이라 큰 암석은 내 몸을 지나 땅으로 쿵 하고 떨어졌다. 주변에서 일어난 재와 먼지가 순식간에 모든 것을 덮어 버렸다.

"이 사고를 낙반이라고 해요. 여러분, 사람을 다치게 하는 암석이 위에서만 떨어지는 건 아니에요."

선생님 말씀이 끝나기가 무섭게 옆에 있는 벽이 수직으로 우리를 덮쳤다. 벽이 상당히 높았기 때문에 어마어마한 돌무더기가 그대로 우리에게 쏟아졌다. 마치 커다란 손바닥으로 벽을 밀어낸 것만 같았다.

우리는 돌무더기 홀로그램에 파묻혔다. 곧이어 굉음이 나고 머리에 달린 등이 전부 꺼졌다. 칠흑처럼 어두운 탄광 안이 무서운지 아이들은 비명을 질러 댔다. 선생님의 비명 소리도 들려왔다.

"이번 사고는 가스 분출이에요. 가스는 기체고 압력이 매우 커요. 방금 우리가 봤던 광경은 작업 면이 가스의 압력을 이기지 못하고 밀렸던 거예요."

머리에 달린 등이 다시 밝아졌다. 나는 친구들이 내는 긴 한숨 속에서 이상한 소리를 들었다. 천군만마가 내달리는 것과 같은 우렁찬 소리가 들렸다.

"얘들아 조심해. 홍수가 오고 있어!"

선생님의 외침에 모두 어리둥절했다. 곧이어 멀지 않은 갱도 입구에서 물이 거세게 밀려오더니 금세 주변이 잠겨 버렸다. 탁한 물이 무릎까지 올라오는 것 같더니 눈 깜짝할 새에 허리까지 차올랐다. 머리에 달린 등불이 수면에 반사되고 있었고 머리 위에 있는 암석에서 희미한 빛의 무늬가 비쳤다. 석탄가루에 까맣게 변한 침목, 광부들의 안전모와 도시락도 물 위를 둥둥 떠다녔다. 물이 턱까지 찼을 때 나는 본능적으로 숨을 길게 마시고 물속으로 들어갔다. 물속에서는 내 머리에 달린 등이 비추는 탁하고 어슴푸레한 빛과 아래서 한 번씩 올라오는 물방울만 보였다.

"갱도 안에서 발생한 홍수는 대부분 지하수 때문이거나 탄광이 지면의 물줄기를 관통했을 때 일어나요. 땅 밖에서 일어난 홍수보다 훨씬 더 위험하죠."

선생님의 목소리가 물아래에서 울렸다.

물 홀로그램이 순간 사라지고 주변에 있는 모든 것이 원상태로 돌아왔다. 이상한 것이 눈앞에 있었다. 그것은 배가 볼록한 두꺼비처럼 생겼는데 크고 무거웠다. 나는 그 물건을 선생님께 보여 드렸다.

"이건 방폭 스위치예요. 탄광 안의 가스는 천연가스예요. 방폭 스위치는 일반 스위치가 일으키는 스파크를 막을 때 사용해요. 이제 여러분은 무섭고 위험한 상황을 보게 될 거예요."

이어서 굉음이 울렸는데 앞에 두 번에 걸친 상황과는 많이 달랐다. 이번에 나는 소리는 마치 우리 몸 안에서 고막을 찢고 나오는 소리 같았다. 사방의 강력한 충격으로 세포가 모두 압축되는 느낌도 들었다. 사람을 지지는 것 같은 뜨거운 열기 속에서 우리는 붉은빛 무리에 파묻혔다. 이 빛 무리는 한순간에 갱도 안을 가득 메웠다. 자리를 이동하니 붉은빛이 빠르게 사라지고 모든 것이 끝도 없는 어둠 속에 빠져 버렸다.

"극소수만 가스폭발을 목격할 수 있었어요. 가스폭발이 일어난 탄광에서 목숨을 부지하는 건 거의 불가능했기 때문이에요."

선생님의 목소리가 유령처럼 어둠 속에서 메아리쳤다.

"옛날 사람들은 왜 이렇게 무서운 곳에서 일해 온 거예요?"

애나가 물었다.

"바로 이것 때문이에요."

선생님께서 검은 돌멩이를 들고 말씀하셨다.

머리에 있는 등불을 비춰 보니 반짝반짝 빛났다. 우리는 처음으로 고체 석탄을 봤다.

"여러분, 우리가 지금까지 본 것은 20세기 중반에 사용하던 석탄 광산이에요. 이후 새로운 기계와 기술이 나왔어요. 예를 들어, 액체 압력 지지대와 석탄층 절단기 등 대형 기계들이 있어요. 이러한 설비가 20세기 후반 이후부터 20년 동안 탄광에 설치되면서 갱내의 작업 환경이 개선됐죠. 그러나 석탄 광산은 여전히 작업 환경이 열악하고 위험이 도사리는 곳이었어요. 그게 언제까지냐면……."

이후의 내용은 별로 흥미가 없어서 듣는 둥 마는 둥 했다. 선생님께서 석탄 가스화의 역사에 대해서 설명해 주셨다. 이 기술은 1980년 전부터 대대적으로 활용됐다고 했다. 당시 석유가 점차 고갈되면서 강대국들이 유전을 쟁탈하기 위해 중동에 병력을 배치하는 등 세계대전이 일어날 위기까지 갔다고 한다. 그때 세계를 구한 것이 바로 이 석탄 가스화였다. 이 부분은 우리도 이미 다 아는 이야기라 재미가 없었다.

우리는 이어서 현재 사용하는 석탄 광산을 구경했다. 이것 역시 특별할 게 없었다. 매일 같이 보는 지하에서 먼 곳까지 이어진 대형 파이프들 아닌가. 이번에 나는 처음으로 중앙 동세실에 들어가 홀로그램으로 연소 시설을 봤다. 정말 컸다. 여기서 지하 연소 시설의 중성미자 센서와 중력파 레이더 그리고 레이더 착정기를 봤다. 하지만 이것들도 따분하기는 마찬가지였다.

선생님께서 이 석탄 광산의 역사를 알려주셨다. 100여 년 전, 통제력을 잃은 땅불로 잿더미가 된 이곳은 18년이나 불에 타다 진압됐다고 했다. 그 사이 아름다운 도시와 수목은 모두 처참하게 변했고 사람들은 떠돌이 생활을 해야 했다.

불이 난 원인으로 두 가지가 있었다. 어떤 사람은 지하 무기 실험을 하다 일어난 것이라고 했고 또 다른 사람은 당시 녹색

평화 조직과 관련이 있다고 했다.

옛날이 좋았다며 그리워할 필요가 없었다. 당시 사람들의 삶은 재난이 가득한 위험과 혼란의 시대였기 때문이다. 마찬가지로 오늘날의 시대를 지나치게 슬퍼할 필요도 없는 것 같다. 오늘 이 순간도 어른들이 말하는 과거의 좋았던 그날이 될 테니까.

아무튼 옛날 사람들은 정말 힘들게 살았던 것 같다.

달밤

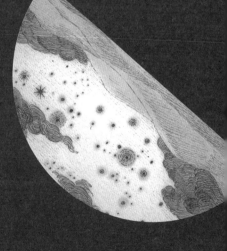

미래에서 온 전화

　그는 처음으로 도시에서 달빛을 봤다. 이전까지 달빛이 비치는 도시를 느껴 본 적이 없었다. 환하게 빛나는 불빛이 도시를 덮어 버렸기 때문이다. 오늘은 추석. 인터넷에서 일어난 캠페인으로 도시는 오늘 밤 가로등과 전등을 끄고 달을 감상하기로 했다.

　그는 아파트 베란다에서 도시를 내다보다 사람들의 생각이 틀렸음을 알았다. 달빛만 있고 등불이 없는 도시는 그들이 예상했던 모습이 아니었다. 빛이 없는 도시는 낭만적인 시골의 느낌이 아니라 버려진 폐허와 같았다.

　그러나 그는 폐허가 주는 종말의 느낌도 일종의 아름다움이라는 걸 깨닫고 달빛 구경을 이어갔다. 모든 것이 이미 지나갔고 모든 짐을 내려놨으니 이제는 운명의 품속에서 마지막 고요함을 즐기기만 하면 됐다. 그에게는 오늘의 이런 느낌이 필요했다.

갑자기 휴대폰이 울렸다. 수화기 너머로 남자 목소리가 들려왔다. 남자는 다짜고짜 그의 신분을 확인하더니 말을 이었다.

"오늘은 귀찮게 하면 안 되는 걸 알아요. 당신에게 가장 어두운 날이니까요. 여러 해가 지났지만 아직도 기억이 생생합니다."

남자의 목소리는 매우 이상했다. 분명 선명하게 들렸지만 아득히 먼 곳에서 차가운 바람을 타고 들려오는 몽환적인 하프 소리 같았다. 남자가 이어서 말했다.

"오늘은 원의 결혼식이 있는 날입니다. 여러 해가 지났지만 여전히 기억하고 있습니다. 바로 오늘, 그녀는 당신을 초대했지만 당신은 가지 않았죠."

"당신은 누구십니까?"

"오랫동안 나는 몇 번이고 이날을 생각했습니다. 결혼식에 갔더라면 마음이 훨씬 더 편했을 겁니다. 그러나 당신은……. 물론 당신은 갔습니다. 먼 곳에 숨어서 웨딩드레스를 입은 원이 남편의 손을 잡고 호텔로 들어가는 모습을 지켜봤습니다. 이보다 자신을 괴롭히는 방법은 없죠."

그는 깜짝 놀라서 되물었다.

"당신은 누굽니까?"

남자의 말에는 이상한 부분이 있었다. 계속해서 '여러 해가 지났지만'이라는 말을 했다. 남자가 말한 '여러 해'라는 말이 과거를 지칭하는 말이었다면 이해할 수 있었다. 그러나 원의 결혼 날짜는 일주일 전 급하게 정해졌고 그날은 바로 오늘이었다. 이 때문에 그녀의 결혼식이 언제인지 아는 사람도 많지 않았다. 아득히 먼 목소리가 이어서 말했다.

"당신은 괴로울 때 왼쪽 엄지발가락에 힘을 꽉 주고 꼼지락거리는 버릇이 있죠. 조금 전 집에 돌아왔을 때 당신은 엄지발톱이 부러진 걸 알았습니다. 발톱이 길어서 양말에 구멍이 났지만 발톱을 깎지 않았어요. 오래전부터 마음이 몹시 심란하고 초조했던 거죠."

그는 질겁했다.

"도대체 당신 누구야!"

"나는 당신입니다. 114년 후 미래에서 당신에게 전화를 했어요. 나는 지금 2123년에 있습니다. 당신들의 통신망으로 들어오기가 정말 쉽지 않더군요. 시공 경계가 많이 손상됐어요. 만약 통화가 원활하지 않으면 알려 주세요. 다시 접속하겠습니다."

이것은 농담이 아니었다. 남자의 목소리는 확실히 이 세상 사람의 목소리가 아니었다. 그는 휴대폰을 꼭 쥐고 달빛 아래 있는 빌딩 숲을 멍하니 마주했다. 도시 전체가 굳어 버린 것만 같았다. 그는 잠시 아무 말도 하지 못했고 남자는 인내심을 갖고 기다리고 있었다.

"제가 어떻게…… 그때까지 살 수 있죠?"

그는 아무 말이나 꺼내 침묵을 깨고 싶었다.

"당신이 사는 세상에서 20년 후 유전자 치료법이 개발됩니다. 그 후로 사람의 수명은 200세 정도까지 연장되죠. 나이로는 아직 중년이지만 이미 많이 늙었습니다."

"상황을 좀 더 자세히 알려줄 수 있습니까?"

"안 됩니다. 간단한 소개조차 안 됩니다. 나는 가능한 당신이 적은 정보를 얻도록 제한해야 합니다. 그래야 당신이 역사의 흐름을 바꾸는 부적절한 행위를 막을 수 있습니다."

"그럼 뭣 하러 나와 연락을 하는 겁니까?"

"주어진 사명을 위해섭니다. 우리가 함께 나눠야 할 사명을 위해서요. 제가 이 나이까지 살아왔으니 당신에게 삶의 노하우를 하나 알려 드리죠. 드넓은 시공에서 한 인간이 아무리 작고 미약하더라도 모든 일에 마음을 넓힐 수 있습니다. 이번에 당신에게 연락한 건 개인적인 일이 있어서가 아닙니다. 그러니 개인적인 모든 것을 내려놓고 주어진 사명과 마주하십시오. 당신, 지금 무엇이 들리나요?"

주르륵 또르르 톡톡 착착 등 이상한 소리들이 가볍게 울렸다. 그는 머릿속으로 이 소리에서 느껴지는 이미지를 만들었다. 기이하게 생긴 수많은 꽃망울이 터졌고, 황량한 들판에 거대한 빙산이 갈라졌다. 갈라진 틈은 마치 하얀색 번개처럼 산의 영롱하고 깊은 곳까지 뻗어 있는 것 같았다.

미래의 그가 말을 이었다.

"이것은 바닷물이 건물에 부딪히는 소리입니다. 나는 진마오 빌딩 8층에 있습니다. 바닷물이 창 아래에 있어요."

"상하이가 물에 잠겼나요?"

"네. 모든 해안 도시에서 유일하게 이 건물만 남았습니다. 둑을 높고 견고하게 지었지만 바닷물이 뒤쪽으로 우회해서 들어왔죠. 지금 내가 있는 상황을 머릿속에 그릴 수 있습니까? 아, 베니스와는 달라요. 고층 건물 사이에 있는 해수면에 수많은 것들이 떠 있죠.

바닷물이 온통 오염됐어요. 이 도시는 지난 2세기 동안 쌓인 쓰레기들이 모두 떠올랐습니다. 당신이 있는 그곳처럼 여기도 보름달이 떴어요. 도시에는 등불이 없고 달빛도 멀리 있어서 당신이 있는 곳만큼 밝지 않아요. 공기가 너무 뿌옇군요. 바닷물에 비친 고층 건물과 송신탑의 모습이 마치 곧 무너져 내릴 것처럼 아른거려요."

"해수면이 상승했나요?"

"극지방의 빙하가 녹아 해수면이 반세기 동안 20미터나 상승

했습니다. 해안가에 사는 주민 3억 명이 내륙으로 이주했죠. 이곳은 처량하지만 내륙은 대혼란이 일어나 사회와 경제가 모두 붕괴될 처치에 있습니다. 우리의 사명은 이 모든 재난이 일어나지 않도록 막는 것입니다."

"나를 신으로 여기는 겁니까?"

"평범한 사람이라도 절체절명의 순간에 100여 년 일찍 중요한 일을 한다면 신의 역할을 할 수 있습니다. 만약 당신이 있는 시대에 시작하면 전 세계는 10년 내에 석유, 석탄, 천연가스 등 화석연료 사용을 중지할 수 있어요. 그러면 지구온난화가 심화되지 않을 테니 지금 이 재난을 피할 수 있습니다."

"그건 불가능할 거예요."

그의 단호한 대답에 100년 후의 자신은 오랫동안 아무 말도 하지 않고 침묵을 지켰다. 그가 이어서 말했다.

"화석연료 사용을 막으려면 더 옛날 사람과 연락하세요."

그는 미래의 자신이 웃고 있는 것을 느꼈다.

"나보고 산업혁명을 막으라는 겁니까?"

미래의 남자가 물었다.

"지금 당신이 하려는 일을 하는 게 더 불가능할 거예요. 석유, 석탄, 천연가스를 일주일만 중단해도 이 세계는 붕괴될 겁니다."

"시뮬레이션을 해 본 결과, 긴 시간을 쓸 수 없어요. 다른 방

달밤 151

법이 있습니다. 어쨌든 나는 미래에서 당신과 이야기를 하고 있으니 자세히 생각해 봐요. 우리는 똑똑한 사람들이잖아요."

그는 곧바로 한 가지 생각이 떠올랐다.

"우리에게 친환경 에너지 기술을 주면 지구온난화가 더 이상 진행되지 않을 거예요. 하지만 문제는 현재의 에너지 수요를 만족할 수 있어야 합니다. 비용도 화석연료보다 훨씬 낮아야 하고요. 그런 기술이 있다면 10년도 안 돼 석유나 석탄은 시장에서 완전히 퇴출될 겁니다."

"이것이 바로 우리가 해야 하는 일입니다."

격려를 받은 그는 이어서 말했다.

"그렇다면 나에게 핵융합을 통제할 수 있는 기술을 주십시오."

"당신 참 단순하게 생각하는군요. 현재까지도 이 기술은 아직 완전히 해결되지 못했어요. 핵융합 기계를 사용하고 있지만 시장 경쟁력이 당신들 시대의 원자력발전소만 못해요. 또한 핵융합 발전소는 바닷물에서 핵연료를 추출하기에 환경보호를 보장할 수 없습니다. 아, 핵융합 기술은 불가능하지만 태양광 기술은 제공할 수 있습니다."

"태양광이요? 어떤 태양광을 말하는 겁니까?"

"지면에서 태양광을 모으는 기술입니다."

"무엇으로 모으죠?"

"단결정 규소입니다. 당신들 시대와 같아요."

"뻥치지 말아요! 아, 당신들 시대에도 이런 말이 있나요?"

미래의 그는 또 한 번 웃으며 말했다.

"있습니다. 우리 세대는 옛 시대의 모든 말을 계승했어요. 아무튼 우리 시대의 단결정 규소 태양전지가 에너지를 모으는 효율은 당신이 생각하는 것 훨씬 더 높습니다."

"100퍼센트가 돼도 소용없어요. 지면에 제곱미터당 태양광이 많아 봤자 얼마나 있겠어요? 태양전지 몇 판에 받는 태양광으로 현대사회의 에너지 소비를 만족할 수 있겠어요? 우리 사회를 농업시대로 생각하는 건 아니죠?"

미래의 그가 또다시 웃으며 말했다.

"이 기술은 농업시대의 느낌이 드는 게 사실이에요."

"이미지라고요? 내가 어쩜 이렇게 조롱하는 사람이 됐죠?"

"이 기술을 규소 쟁기라고 불러요."

"뭐라고요?"

"규소 쟁기라고요. 단결정 규소 태양전지의 원재료는 규소예요. 지구에서 가장 흔한 원소죠. 모래나 토양 어디에나 다 있으니까요. 쟁기처럼 규소 쟁기로 농사를 지을 수 있어요. 농사를 지을 때 모래나 토양에 있는 규소를 추출해서 단결정 규소로 만드는 거예요. 그러면 그 농사짓는 땅을 통째로 태양전지로 만들 수 있어요."

"그러면…… 규소 쟁기는 어떻게 생겼죠?"

"콤바인을 닮았어요. 처음에는 외부 에너지가 필요하지만 이 후부터는 앞에서 경작하면서 나온 단결정 규소 논밭이 전기를 공급하면 계속 경작할 수 있죠. 이러한 설비가 있으면 당신들은 타클라마칸사막 전체를 태양전지로 만들 수 있어요."

"그러니까 경작한 땅은 검고 반짝이는 칩이 되는 거로군요?"

"아닙니다. 경작한 땅은 외관상으로 약간 검게 변하지만 칩이 되는 건 아니에요. 농사지은 땅 양쪽 끝에 도선을 매립해서 태양광 전류를 생산할 수 있어요."

에너지 계획 박사인 그는 미래의 기술에 큰 관심을 보였다.

"당신 이메일로 기술 자료를 모두 보냈어요. 당신들 시대 기술로도 충분히 만들 수 있어요. 그게 이 시대를 선택한 이유이기도 합니다. 더 과거로 가면 불가능하거든요. 당신의 그 이메일 주소는 앞으로 20여 년은 더 쓸 수 있어요. 나중에 서식이 변하긴 해요. 내일부터 이 기술을 널리 알려 주세요. 당신에게는 그럴 수 있는 능력과 조건이 있어요. 전파 방법은 당신이 생각해 보세요. 당신이 쓰고 있는 보고서를 이용해도 될 겁니다. 단, 전제 조건이 있어요. 미래에서 온 방법이라는 걸 절대 알려서는 안 됩니다.”

“왜 나를 선택했죠? 지위가 더 높은 사람을 찾았어야죠.”

“예상치 못한 부작용을 최소화하기 위해서입니다. 당신을 선택한 건 당신이 바로 나 자신이기 때문이에요. 내가 누굴 더 선택할 수 있겠어요?”

“당신은 높은 지위까지 올라갔군요. 그렇죠?”

“미래에는 세계가 둘로 나뉘어요. 실제 존재하는 세계와 네트워크 세계……. 더 많은 정보를 줄 수 없어요. 앞으로는 이런 문제를 언급하지 마세요.”

“만약 제가 일을 성공적으로 해내면 당신은 어떻게 세계의 변화를 확인하죠? 내일 눈 뜨자마자 모든 것이 변하나요?”

“그것보다 더 빨리 알 수 있어요. 이메일을 받고 행동을 결정하면 나의 세계는 순식간에 변합니다. 하지만 이 일은 우리 둘만 알아야 해요. 내가 사는 시대의 사람들에게 역사는 오직 하나뿐이에요. 이미 바뀐 역사 속에 당신 시대에서 우리 시대까지 사용한 화석연료의 역사는 존재하지 않게 돼요.”

“앞으로도 더 연락할 수 있나요?”

“모릅니다. 매번 과거와 연락한다는 건 전 세계적으로 어마어마하게 큰일이니 그에 맞는 국제 결의가 있어야겠죠. 그럼 안녕.”

바뀐 미래

방으로 돌아온 그는 컴퓨터를 켜고 미래에서 온 메일을 찾았다. 메일을 여니 내용은 없고 총 용량이 1기가바이트가 넘는 첨부 파일만 몇 개 있었다. 그는 첨부 파일을 대강 훑어봤다. 미래의 그가 보낸 파일은 상세한 기술 자료와 도면이었는데 제대로 알아보기는 힘들었지만 현재의 기술 언어로 쓰여 있어서 해독은 가능했다.

먼 거리에서 촬영한 개활지 사진도 있었다. 개활지 한가운데에 있는 규소 쟁기는 정말 콤바인과 비슷했고 경작한 토지의 색은 약간 진하게 변해 있었다. 멀리 보이는 규소 쟁기는 마치 솔처럼 가지런히 대지를 쓸고 있었다.

사진 속 토지는 이미 삼분의 일 정도가 경작된 상태였다. 사진에서 유난히 시선을 끄는 건 하늘이었다. 회색빛이 가득했지만 그을음은 아니었고 햇살은 있었지만 새벽인지 아니면 저녁인지 분간할 수 없었다. 한마디로 푸른 하늘이 없는 시대였다.

그는 다음 단계로 무엇을 해야 할지 생각에 빠졌다. 국가 에너지 계획국에서 일하는 그는 신형 에너지 수집 개발 사업의 성과와 발전을 조사해 국무원 업무 회의에서 보고할 예정이었다. 보고서에 이 사업을 포함하기 전에 먼저 연구소나 대기업이 이 사업을 받아들여야 연구소나 기업의 명의로 상부에 보고할 수 있었다. 만약 이 자료들이 사실이라면 연구소나 기업에서 사업을 받아들일 것이고 그렇지 않더라도 손해를 볼 일은 없었다.

그는 갑자기 꿈에서 깬 사람처럼 몸서리를 쳤다.

'내가 하기로 결정했나? 그래. 결정했지. 실천했을 때 얻을 수 있는 결과는 단 두 가지다. 성공 아니면 실패. 성공하면 미래는 변한다. 평범한 사람이라도 100여 년 일찍 움직이면 신과 같은 역할을 할 수 있어.'

그는 모니터에 열려 있는 메일을 보다가 문득 답장을 써 보기로 했다. 답장 페이지를 열고 잘 받았다고 한마디만 썼다. 보내기 버튼을 누르니 상대방의 서버에 오류가 있거나 주소가 잘못됐다는 메시지가 떴다. 그는 휴대폰을 들고 수신 번호를 찾았다. 흔히 볼 수 있는 전화번호였다. 통화 버튼을 누르니 없는 번호라는 안내 음성이 나왔다.

다시 베란다로 나온 그는 물처럼 맑은 달빛에 몸을 맡겼다. 밤은 이미 깊었고 동네는 조용했다. 달빛 속에 보이는 건물은 실제와 다르게 우유 같은 부드러움이 느껴졌다. 그는 조금 전 꿈을 꾼 건지 아니면 아직도 꿈을 꾸고 있는 건지 헷갈렸다.

다시 휴대폰이 울렸다. 낯선 번호로 걸려 온 전화였고 미래의 그였다. 목소리는 여전히 아득하고 몽환적이었지만 주변에서 들리는 소리가 달라졌다.

미래의 그가 말했다.

"성공했습니다."

"당신은 몇 년도에 있습니까?"

"2119년입니다."

"지난번보다 4년 전이군요."

"지금 이 전화는 과거의 당신 혹은 나에게 처음 거는 거지만 나는 100여 년 전 받았던 그 전화를 기억합니다."

"나는 그 전화를 20분 전에 받았습니다. 바닷물은 물러갔습니까?"

"바닷물이라뇨? 기온은 변하지 않았습니다. 해수면도 상승하지 않았고요. 20분 전 당신이 들었던 그 시대의 역사는 존재하지 않습니다. 내가 읽은 역사에는 21세기 초 태양광 기술이 급속도로 발전하면서 규소 쟁기 기술이 등장해 대규모 태양광 수

집이 가능해졌다고 적혀 있습니다.

2020년대에 태양광이 세계 에너지 시장의 대부분을 차지하면서 화석연료가 사라졌습니다. 당신의 일생은 규소 쟁기와 함께 했습니다. 당신 시대로부터 3년 후, 이 기술은 전 세계로 급속히 퍼졌고 당신은 인생의 전반기를 눈부신 성과를 누리며 삽니다. 하지만 석유와 석탄 산업의 역사와 마찬가지로 태양광 산업의 역사도 특별히 혁혁한 명성을 남긴 사람이 없었습니다."

"저는 명성에 연연하지 않아요. 세계를 구할 수 있어 정말 기쁩니다."

"그래요. 우리는 명성 따위에 신경 쓰지 않아요. 그건 참 다행이에요. 그렇지 않았으면 우리는 역사의 죄인이 됐을 테니까요. 세계는 변했지만 그렇다고 더 좋게 변한 건 아니었어요. 다행히 이걸 아는 사람은 당신과 나뿐입니다. 지난번 역사적인 계획에 관여한 기획자들과 집행자들에게 화석연료의 역사는 존재하지 않습니다. 당연히 그에 관한 기억도 없고요. 나도 과거로 전화한 기억은 없지만 미래에서 온 전화를 받은 건 기억합니다. 나에게 이것은 존재하지 않는 역사의 유일한 단서입니다……. 혹시 지금 뭐가 들립니까?"

수화기 너머로 희미하지만 떠들썩한 소리를 들었다. 그 소리는 해 질 무렵 하늘을 빙빙 도는 검은 구름을 닮은 새떼를 떠올리게 했다. 가끔씩 센 바람 소리가 들렸는데 그럴 때마다 다른 모든 소리를 덮어 버렸다.

"무슨 소린지 모르겠어요. 바닷물 소리 같은데."

"바닷물은 무슨. 상하이 황푸강도 다 말라 가게 생겼어요. 지금은 건기예요. 이제 건기와 우기 두 계절만 남았어요. 바지를 걷어 올리고 강을 건너기도 해요. 수십만 명이 와이탄에서 강을 건너 푸둥으로 몰려들고 있어요. 강바닥에 개미 떼처럼 사람들이 수두룩해요. 외지에 살던 사람들이 배고픔을 참지 못하고 몰려들고 있어서 도시 전체가 혼란에 빠졌어요. 도시 몇 곳은 불에 타고 있습니다."

"어쩌다 그렇게 됐죠? 태양광은 환경보호에 가장 적합한 에너지잖아요."

"유감스럽게도 잘못 생각했어요. 상하이 같은 도시의 전력 사용량을 만족하려면 대규모의 전지 판넬이나 단결정 규소밭이 필요해요. 얼마나 필요한 줄 아세요? 도시 면적의 20배입니다. 그런데 이 시대에는 도시화가 빠르게 추진돼 중급 도시 하나가 당신 시대의 상하이 규모 정도 됩니다. 2020년부터 수많은 규소 쟁기로 땅을 경작해서 모든 사막이 단결정 규소밭이 됐고 이어서 논밭과 식생까지 잠식했어요. 지금 각 대륙의 육지는 단결정 규소화로 몸살을 앓고 있어요. 사막화보다 더 빨리 진행되면서 지구 표면이 규소 전지 판넬로 변하고 있습니다."

"경제학 원리로 보면 이것은 불가능해요. 토지 비용이 증가하면 규소 쟁기는 에너지 시장에서 퇴출될 텐데요."

"화석연료를 사용하던 상황과 비슷해요. 이미 늦었기 때문에 되돌릴 수 없었어요. 새로운 에너지산업을 다시 세우는 건 쉽지 않아요. 석유와 석탄 산업을 다시 살리는 데는 긴 시간이 걸리고요. 결국 에너지 공급을 중단할 수 없어서 규소 쟁기로 미친 듯이 경작했습니다. 토지의 단결정 규소화는 사막화보다 기후 환경에 더 막대한 피해를 주었고 생태계는 급속도록 악화됐어요. 가뭄이 지구를 뒤덮었고 비가 많이 내리지 않는 지역에 홍수가 발생했어요."

그는 한 세기 앞선 남자의 목소리를 듣다 질식할 뻔했다. 깊은 물속에 빠져 허우적거리다 절망할 때쯤 수면으로 올라온 느낌이었다. 그는 길게 한숨을 쉬고 미래의 그에게 말했다.

"다행히 세계를 살릴 방법이 있어요. 이보다 더 간단한 방법이 없을 정도로 쉬워요. 나는 결정한 것 외에 한 게 아무것도 없잖아요. 그러니 빨리 하드디스크에서 그 자료들을 삭제하고 원래대로 생활을 하면 되지 않습니까?"

"그러면 상하이는 다시 바닷물에 잠길 거예요."

"……."

"우리는 다시 역사에 간섭해야 해요."

"이번에도 나에게 새로운 에너지 기술을 주려는 건가요?"

"그렇습니다. 이 기술의 핵심은 아주 깊은 곳을 시추하는 겁니다."

"시추라고요? 석유 채굴 기술은 이미 완벽해요."

"아니에요. 석유가 아니에요. 시추하려는 깊이는 100킬로미터 이상이에요. 모호로비치치 불연속면을 지나 연약권으로 바로 갈 겁니다. 지구에 자기장이 있는 건 그 내부에 강력한 전류가 있기 때문이에요. 우리는 지구 깊은 곳에 있는 전류를 채굴할 겁니다. 시추를 완료하고 대형 전극을 갱 아래에 넣으면 지구 전류를 뽑아낼 수 있어요. 고온 고압에서 사용할 전극이 이번에 메일로 보낼 또 다른 핵심 기술입니다."

"대단하게 들리긴 한데 두렵군요."

"내 말 들어요. 지구 전류 채굴은 진정한 환경보호 기술이에요. 토지도 필요 없고 이산화탄소와 그 어떤 오염도 배출하지 않아요. 곧바로 전류를 얻을 수 있으니까요. 자, 이제 다시 작별할 때가 됐군요. 다음에는 지구 구출이 아닌 다른 일로 연락합시다. 이메일을 열어 보세요."

"잠깐만요. 왜 더 이야기를 나누지 않나요? 우리의 삶에 대해 말이에요."

"과거와 연락하는 시간을 최대한 줄여야 미래의 정보를 과거로 보내는 문제를 줄일 수 있어요. 알다시피 우리는 위험한 일을 하고 있어요. 그러니 해 줄 수 있는 말이 별로 없습니다. 당신은 조만간 내가 겪은 모든 일들을 직접 겪을 거예요."

미래의 그가 말을 끝내기 무섭게 전화가 끊기고 수화기 너머 뚜뚜뚜 소리만 크게 들려왔다.

아무것도 바뀌지 않은 밤

　그는 컴퓨터 앞에 앉아 미래에서 온 두 번째 이메일을 열었다. 지난번과 비슷한 용량에 방대한 기술 자료가 첨부 파일로 와 있었다. 파일을 열어 보니 레이저 드릴이 달린 시추기의 설계도가 있었다. 사용 방법도 자세히 적혀 있었는데 지금 사용하는 기계식 드릴과 달리 암석을 녹여 마그마로 만들고 튜브를 통해 지면으로 내보내는 식이었다.

　마지막 파일을 여니 사진이 있었다. 전과 마찬가지로 광활한 대지에 고압선 탑이 빽빽이 늘어서 있었다. 날렵해 보이는 이 탑의 고압선 한쪽 끝이 지면에서 나온 것을 보니 지구 깊은 곳에 있는 거대한 전극과 연결된 것이 분명했다.

　그의 시선을 끄는 건 생기가 없는 검회색 토지였다. 가만 보니 단결정 규소밭이었다. 울타리 같은 막대기가 지면을 격자로 나눈 이 단결정 규소밭에서 전류를 끌어오는 도선이 보였다. 지난번 사진과 다른 점이라면 하늘이 구름 한 점 없이 맑고 짙은 파란색을 띠고 있었다. 이번에 본 미래는 구름이 적은 시대이자 바스라질 것처럼 건조한 시대였다.

그는 다시 베란다로 갔다. 달은 이미 서쪽으로 넘어갔고 그림자가 많이 늘어졌다. 도시 전체가 깊은 잠에 빠져 꿈을 꾸고 있는 것만 같았다.

그는 다시 이 미래에서 온 기술을 어떻게 세상에 알릴지 고민했다. 이번 전략은 지난번과 달랐다. 먼저 레이저 드릴 기술은 상업적으로는 물론 군사적으로도 매우 큰 관심을 보이는 기술이므로 독자적으로 개발해서 알려야 했다. 그러다 적절한 때가 되면 지구 전류라는 이론을 꺼내 지하 전극 기술을 동시에 개발해야 했다.

그는 또다시 해 보기로 결정했다.

'과연 역사가 또 바뀌었을까?'

머릿속에 떠오른 질문에 대답이라도 하듯 바로 휴대전화가 울렸다. 고층 건물 꼭대기에서 반쯤 얼굴을 내밀고 있는 달의 모습이 마치 이 세상을 떠나기 전에 마지막으로 살짝 모습을 비춰주는 듯 보였다.

"나는 당신입니다. 2125년에서 당신에게 전화합니다."

미래의 그는 이 말을 하고 침묵에 빠졌다. 그의 물음을 기다리는 것 같았다. 그러나 그는 물어 보기가 두려웠다. 휴대전화를 들고 있는 그의 손에서 식은땀이 나고 온몸에 힘이 빠져 버렸다. 잠시 후, 그는 미래의 그에게 물었다.

"또 소리를 들려줄 겁니까?"

"이번에는 아무 것도 못 들을 겁니다."

그러나 그는 귀를 쫑긋 세우고 열심히 들었다. 수화기를 통해 바스락거리는 소리가 들렸다. 이 소리는 신호가 시간을 넘나들 때 일어나는 간섭임이 직감적으로 느껴졌다. 2125년에서 온 소리가 아니라 신호가 현재로 오는 길에 지나고 있는 시간 밖과 우주 밖의 경계에서 오는 소리 같았다.

그가 미래의 그에게 물었다.

"아직 상하이에 있습니까?"

"그렇습니다."

"그런데 아무것도 들리지 않습니다. 미래엔 자동차가 전동인가 보군요. 소음이 적네요."

"차가 터널 동굴에 있어서 소리가 들리지 않을 겁니다."

"터널 동굴요? 무슨 터널 동굴입니까?"

"상하이 지하입니다."

어느새 달은 고층 건물 뒤로 완전히 자취를 감췄다. 이제 모든 것이 어둠 속에 잠겼다. 그는 자신도 지하에 깊이 빠져 버린 것만 같았다.

"무슨 일인가요?"

"지면은 방사능이 가득 차 있어요. 보호복을 입지 않으면 반나절 만에 아주 참혹하게 목숨을 잃을 거예요."

"어디서 온 방사능입니까?"

"태양에서 온 방사능입니다. 네, 당신은 성공했어요. 이 기술은 규소 쟁기보다 더 빨리 퍼져 나갔어요. 2020년, 지구 전류 채굴 산업의 규모는 과거 석유와 석탄 산업을 합친 것보다 더 컸어요. 대규모 개발이 시작되면서 이 기술의 생산율과 개발 비용은 규소 쟁기보다 훨씬 경쟁력이 있었죠. 화석연료는 비교도 안 될 정도였어요.

세계 에너지 공급은 순식간에 지구 전류 산업으로 바뀌었어요. 청정에너지에 저렴했으니까요. 사람들은 천 년 전에 이미 나침반을 발명해 놓고 어째서 지금에야 지구 전류 개발과 같은 보물을 찾아냈느냐며 의아해했어요.

그 후 경제가 지속적으로 빠르게 발전했지만 환경은 악화되지 않고 오히려 개선됐어요. 사람들은 이제 문명이 선순환 발전 단계에 들어왔기 때문에 미래는 점점 더 좋아질 거라 믿었죠."

"그 다음엔 어떻게 됐나요?"

"22세기 초반, 지구의 전류가 고갈됐어요. 그 때문에 나침반은 더 이상 방향을 가리키지 못했어요. 지구 자기장은 태양풍이 침입하지 않게 대기층을 보호해 주는 방패 역할을 하잖아요. 그런데 밴앨런대*가 사라지면서 태양풍이 직접 지구로 들어오기 시작했어요. 세균 배양기를 자외선램프 아래에 놓은 거나 마찬가지였죠."

"아, 이런."

그의 목소리가 떨렸다. 미래의 자신이 들려주는 말에 그는 간담이 서늘해졌다.

"이건 시작에 불과해요. 앞으로 3~5세기를 지나는 동안 태양풍 때문에 대기층은 모두 타 버리고 바다를 비롯해 지구에 있는 물이란 물은 모두 말라 버릴 거예요."

"……."

미래의 그가 말을 이었다.

"핵융합 기술에서 획기적인 발전을 이뤘어요. 다시 세운 석유와 석탄 산업을 포함해 인류는 무한히 쓸 수 있는 에너지를 얻은 거예요. 그러나 이들 에너지는 핵에 전류를 주입하는 데 사용됐어요. 지구의 자기장을 다시 만들려는 시도였죠. 하지만

---

* 지구를 둘러싼 높은 에너지 입자 무리를 말한다. 자기장에 차단된 태양풍에 실려 있던 입자들이 모여 형성된 것으로 지구 생태 환경을 보호하는 데 중요한 역할을 한다.

현재까지 아무런 효과를 보지 못했어요.”

“그럼 구제해 봅시다.”

“구제라. 그래요 구제만이 답이겠군요. 내가 보낸 메일 두 통에 담긴 모든 정보를 삭제하십시오.”

그는 자리에서 일어나 방으로 들어갔다.

“그럼 삭제하겠습니다!”

“잠시 기다려요. 삭제하고 나면 역사가 다시 바뀌고 우리의 통화는 끊어질 거예요.”

“아, 그렇군요. 달리 말하면 아무것도 안 변하겠군요. 세상은 화석연료의 역사를 계속 이어갈 테니까요.”

“당신도 지금의 생활을 이어갈 거예요.”

“부탁이에요. 미래의 삶에 대해 얘기 좀 해 봐요.”

“알려 줄 수 없어요. 설령 알려 준다 해도 우리의 미래는 바뀌잖아요.”

“네. 미래가 바뀐다는 건 알아요. 저는 그저 세부적인 부분을 알고 싶은 거예요.”

“미안합니다.”

“예를 들어, 당신과 나, 우리가 꿈꾸는 이상적인 삶이 있었나요? 행복한 적이 있어요?”

“미안해요.”

"저는 결혼을 했습니까? 아이가 있나요? 아들입니까? 딸입니까?"

"미안해요."

"원 말고 진정한 사랑이 몇 번이나 찾아오나요?"

그는 미래의 그가 이번에도 미안하다고 말할 줄 알았다. 그런데 미래의 그는 아무 말도 하지 않고 침묵만 지켰다. 전화기 너머 116년의 머나면 계곡 속에서 부는 바스락거리는 시간의 바람 소리만 들려왔다. 잠시 후, 마침내 미래의 그가 대답했다.

"한 번도 없어요."

"뭐라고요? 100년이 넘는 시간 동안 내가 누군가를 다시 사랑하지 않았다고요?"

"네. 없습니다. 사람의 인생은 인류 역사와 같아서 첫 번째 선택이 나빴다고 할 수 없어요. 다른 선택을 하지 않은 상황에서는 모르는 것뿐이에요."

"그렇다면 나, 우리는 평생 독신으로 사는군요?"

"미안합니다. 더 이상 알려 줄 수 없어요. 인간은 본래 고독한 존재입니다. 그러니 각자 알아서 잘 사는 수밖에요. 자, 시간이 됐습니다."

미래의 그는 작별 인사도 없이 전화를 끊었다. 그때 바로 문자 수신 소리가 들렸다. 미래에서 온 문자였다. 그 문자에는 10여

초 정도 되는 동영상이 있었다. 그는 조금 더 선명하게 보기 위해 영상을 컴퓨터로 옮겼다.

동영상에는 불바다가 나타났다. 한참을 보고서야 그것이 미래의 하늘인 걸 알았다. 불바다는 알고 보니 태양풍의 입자가 대기층에 부딪혀 생겨난 오로라였다. 산만큼 쌓인 뱀의 무리가 천천히 꿈틀거리기라도 하듯 하늘은 온통 붉은 장막에 덮여 녹아내릴 것만 같았다.

오로라가 길게 늘어진 하늘 아래에 둥근 건축물이 우뚝 솟아 있었다. 그것은 상하이에 있는 동방명주탑이었다. 둥근 표면이 거울처럼 하늘의 불바다를 비추고 있어서인지 이글이글 타오르는 것처럼 보였다. 더 가까이 다가가 보니 누군가 서 있었다.

보호복이 그의 몸 전체를 감싸고 있었다. 이 보호복은 표면이 마치 바람을 불어 넣은 것처럼 구겨진 부분이 하나도 없었다. 이 보호복도 불의 하늘을 반사하고 있었는데 꿈틀거리는 불길이 거울면에 왜곡돼 이상하게 보였다.

전 세계가 마그마에 녹는 듯 화면 전체에 화염이 계속 변하면서 흐르고 있었다. 그 사람은 과거와 인사라도 하려는 듯 렌즈를 향해 한 손을 들었다. 영상은 그렇게 끝났다.

'저 사람이 나인가?'

하지만 그는 문득 이보다 더 중요한 일이 생각났다. 미래에서 온 메일과 모든 첨부 파일을 삭제한 후 잠시 생각에 빠진 그는 곧바로 하드디스크를 포맷하기로 결정했다.

포맷이 완료되자 오늘 밤은 평상시와 같은 밤으로 돌아왔다. 하룻밤 사이에 인류 역사를 세 번이나 바꿨지만 결국 그 무엇도 바꾸지 않은 그는 컴퓨터 앞에서 잠이 들었다. 새벽빛이 밝아오면서 세계는 다시 평범한 하루를 맞이했다. 정말 그 무엇도 일어나지 않았다.

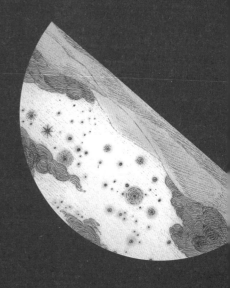

미시 세계의 끝

세상에서 가장 작은 모래알

오늘 밤, 인류는 우주를 구성하는 가장 기본적인 입자인 쿼크를 쪼개고자 한다.

이 거대한 의식은 중국 신장 동남쪽 뤄부포호에 위치한 동방핵자 센터에서 치러질 예정이다. 핵자 센터는 사막에 있는 우아한 백색 건물이지만 둘레가 150킬로미터에 달하는 거대한 가속기가 사막의 지하 깊은 곳에 터널처럼 설치돼 있다.

주변에는 100만 킬로와트의 원자력발전소가 가속기에 전력을 공급해 주고 있었다. 하지만 오늘의 실험을 완수하려면 이것만으로는 크게 부족하기 때문에 서북 전력망에서 일시적으로 전력을 끌어와야 했다.

가속기를 이용해 입자를 10의 20승에 달하는 전자볼트까지 가속시킬 계획이었다. 이것은 우주 대폭발이 시작될 때의 에너지이자 만물이 창조될 때의 에너지였다. 상상도 할 수 없는 이 슈퍼 에너지로 물질의 최소 단위인 쿼크가 쪼개지면 인류는 물질세계의 가장 깊은 곳에 숨겨진 비밀을 볼 수 있었다.

핵자 센터의 통제실에 모인 몇몇 사람 중에 세계에서 최고로 꼽히는 두 명의 이론물리학자도 함께 있었다. 그들은 물질의 심층 구조를 연구하는 두 학파를 대표하고 있었다. 두 사람 중 한 명은 미국의 헤르만 존스 박사로 쿼크는 물질의 최소 단위라서 쪼개질 수 없다고 주장했다. 또 다른 학자인 중국의 딩의 박사는 존스 박사와 반대로 물질은 한없이 나눌 수 있다고 했다.

통제실에는 가속기 작동을 담당하는 총괄 기사와 기자 몇 명만 모여 있었고 대다수 실무자들은 지하 깊은 곳에 있는 상황실에 있었다. 통제실에서는 종합 데이터를 볼 수 있었다. 이곳에 어울리지 않는 사람이 한 명 있었는데 디샤티라는 카자흐스탄의 양치기 노인이었다. 그가 사는 마을은 핵자 센터 가속기의 원둘레 안에 자리 잡고 있었다.

어제 야외에서 디샤티가 통째로 구워 준 양고기를 먹은 물리학자들은 그를 초청하기로 결정했다. 그들은 물리학계 전문가뿐만 아니라 물리학을 가장 모르는 사람도 위대한 순간을 맞이하는 자리에 함께 있어야 한다고 생각했기 때문이다.

가속기는 이미 작동하고 있었다. 커다란 스크린에 나타난 에

너지 곡선은 의식을 회복한 지렁이처럼 맥이 풀린 모양으로 임계 에너지를 나타내는 붉은 선을 향해 올라가고 있었다. 이것이 바로 쿼크를 쪼개는 데 필요한 에너지였다.

"방송국에서 왜 중계방송을 안 하는 겁니까?"

딩의 박사가 통제실 구석에 있는 텔레비전을 가리키며 물었다. 현재 텔레비전은 관중석이 모두 찬 축구 경기를 중계하고 있었다. 물리학자 딩의는 베이징에서 이곳으로 온 후 줄곧 파란색 작업복을 입고 있어서 인부로 오해받고는 했다.

"딩의 박사님, 우리는 세계의 중심이 아니에요. 실험 결과가 30초 정도의 짤막한 뉴스로 나온다면 그나마 다행일걸요."

총괄 기사가 말했다.

"무뎌졌어요. 믿기 어렵지만 모두 무뎌졌어요."

딩의는 고개를 저었다.

"하지만 이건 인류가 생존하려면 반드시 필요한 실험이에요."

존스가 말했다. 머리를 길게 기른 그는 이따금 주머니에 있는 은색 술병을 꺼내 한 모금씩 마셨다. 그가 종이 한 장을 꺼내 흔들며 말을 이었다.

"여러분, 이건 제 유서입니다."

존스의 말에 자리에 있던 사람들이 모두 깜짝 놀랐다. 기자들은 곧바로 존스 주변으로 몰려들었다.

"이 실험이 끝난 후, 물질세계는 더 이상 탐색할 수 있는 비밀이 사라질 겁니다. 물리학자들은 한 시간 내에 끝장날 거라고요. 저는 세계의 종말을 맞이하러 왔습니다. 나의 물리학이여, 잔인한 내 연인이여, 네가 사라지면 나는 어찌 살까!"

딩의는 시각이 달랐다.

"뉴턴 시대와 아인슈타인 시대에도 그렇게 말하는 사람이 있었습니다. 예를 들어 지난 세기의 막스 보른 박사와 스티븐 호킹 박사도 그랬어요. 하지만 물리학은 끝나지 않았고 앞으로도 끝나지 않을 겁니다. 박사님도 곧 쿼크가 쪼개지는 장면을 보게 될 거예요. 우리는 아무것도 없는 것으로 연결된 계단에서 또다시 한 계단 올라섰습니다. 우리는 모두 새로운 세계의 새벽을 맞이하러 온 겁니다!"

"딩의 박사님, 물질을 무한히 나눌 수 있다는 생각은 전혀 새롭지 않아요. 일찍이 제기됐던 문제입니다."

존스는 비아냥거리며 말했다.

총괄 기사가 두 사람의 대화에 끼어들었다.

"두 분 모두 너무 자기 생각에 빠져 있습니다. 그리스와 이집트는 같은 시기에 마른 우물 속에 비친 태양 그림자를 통해 지구가 둥글다는 것을 추측했고 지름까지 계산할 수 있었지만 그것 말고 뭐가 더 있었습니까? 마젤란의 항해를 보고 나서야 사람들은 진정으로 흥분하지 않았습니까. 두 분 같은 이론물리학자들은 우물 안에서 기다리기만 했어요. 오늘 우리가 미시 세계로 진정한 지구 항해를 하려 합니다!"

스크린에 뜬 에너지 곡선이 붉은 선에 가까워졌다. 외부 세계는 사막 깊은 곳에서 용솟음치는 거대한 에너지를 감지했는지, 붉은 버드나무숲에 있던 새떼들이 하늘로 올라가 한참동안 빙빙 날았고 멀리서 늑대가 울어 댔다. 그러다 마침내 에너지 곡선이 붉은 선을 넘어섰다. 드디어 가속기에 있는 입자가 쿼크를 쪼개는 데 필요한 에너지를 받았다. 이것은 인류 역사상 처음으로 얻은 최대 에너지 입자였다.

제어용 컴퓨터는 즉시 이 에너지 입자를 가속기의 150킬로미터의 원둘레로 끌어낸 후 광속에 가까운 속도로 관을 따라 목표 지점인 표적에 날렸다. 엄청난 에너지의 충격을 가하자 표적에 입자의 복사에 따른 빛이 폭우처럼 쏟아져 나왔다. 무수히 많은 센서가 큰 눈을 부릅뜨고 이 폭우를 지켜보다가 여러 가지 색중에 약간 다른 것을 순식간에 찾아낼 예정이었다. 몇 가지 빛의 조합을 통해 슈퍼컴퓨터는 쿼크의 붕괴가 일어났는지, 쿼크가 쪼개졌는지 판단할 수 있었다.

슈퍼 에너지 입자가 끊임없이 생성되고 가속기 속에서 충돌이 이어지면서 사람들은 긴장된 표정으로 기다렸다.

슈퍼 에너지가 쿼크를 명중할 확률은 매우 낮았기 때문에 얼마나 기다려야 하는지 그 누구도 알지 못했다.

디샤티가 침묵을 깨고 말했다.

"오, 멀리서 온 친구들이여. 10여 년 전, 여기 있는 시설들이 세워질 때도 저는 이곳에 있었습니다. 당시 공사 현장에 수만 명에 이르는 사람이 있었고, 철강과 시멘트가 산을 이루고 있었으며, 수백 개의 코일이 고층 건물처럼 쌓여 있었습니다. 그들은 그걸 전기자석이라고 부르더군요. 이렇게 많은 돈과 물질과 인력을 들여 사막 몇 곳에 관개수로를 놓았기 때문에 알이 탱글탱글한 포도와 달콤한 참외를 키울 수 있었는지 모르겠습니다. 그러나 당신들이 하는 일을 정확히 아는 사람이 없습니다."

딩의가 말했다.

"디샤티 어르신, 우리는 물질세계에서 가장 깊은 곳에 숨어 있는 비밀을 찾고 있어요. 이건 그 무엇보다 중요한 일입니다!"

"나는 비록 많이 배우지 못했지만 세상에서 가장 많이 배웠다는 당신들이 세상에서 가장 작은 모래알을 찾고 있다는 것 정도는 알고 있습니다."

카자흐스탄의 나이 든 양치기가 입자 물리에 대해 뛰어난 정의를 내리자 자리에 있던 모든 사람이 흥분했다.

존스는 통역사가 전달하는 말을 듣고 소리를 질렀다. 이어서 그는 딩의를 가리키며 말했다.

"입자는 더 이상 작게 만들 수 없습니다. 이 입자는 더 이상 작아지지 않을 거예요. 그 어떠한 망치로도 깨부수지 못합니다. 존경하는 디샤티 어르신, 누구의 생각이 맞는지요?"

디샤티는 통역을 듣고 고개를 저었다.

"저는 모릅니다. 여러분들도 모를 겁니다. 세계 만물이 어떻게 돌아가는지 한낱 인간이 어찌 알겠습니까?"

이번에는 딩의가 물었다.

"어르신은 사물의 본질은 인식할 수 없다는 불가지론자입니까?"

늙은 양치기 디샤티는 그가 겪은 세상의 풍파가 고스란히 담긴 두 눈빛으로 마치 꿈을 꾸듯 회상하며 말했다.

"세상은 사람들에게 쉽게 모습을 보여 주지 않습니다. 저는 어릴 적부터 양 떼를 몰며 끝도 없는 고비사막에서 푸른 잎을 찾아다녔습니다. 몇 날 며칠 밤마다 저와 양 떼는 하늘을 지붕 삼아 누워서 하늘 가득 수놓은 별들을 바라보고는 했지요. 하늘에 빽빽하게 박힌 별들이 어찌나 반짝반짝 빛나던지 아가씨의 새까만 머리카락에 꽂힌 보석 같았어요.

깊은 밤, 드러누운 등이 후끈할 정도로 사막의 모래밭은 여전히 뜨거웠고 가볍게 부는 바람은 사막이 내뱉는 숨 같았죠. 그

182

때 세상은 살아 있었어요. 깊은 잠을 자는 큰 인형 같았다고나 할까요. 귀가 아닌 마음으로 들으면 소리가 들렸어요. 그 소리는 천지에 가득 찬 신의 소리였죠. 오로지 신만이 이 세상을 아십니다."

그때 귀를 찌르는 버저 소리가 울렸다. 쿼크 붕괴가 일어났을 때 나는 신호였다. 사람들은 일제히 스크린으로 고개를 돌렸다. 드디어 물리학의 마지막 심판이 눈앞에 와 있었다. 3,000년 동안 논쟁을 벌였던 문제가 그 해답을 찾는 순간이었다.

뒤바뀐 우주

슈퍼컴퓨터의 분석 데이터가 스크린에 물밀 듯이 빠르게 올라왔다. 두 물리학자는 금세 상황이 잘못됐다는 것을 판단하고 당황해하며 고개를 저었다.

결과에는 쿼크 붕괴가 나타나지 않았다. 그렇다고 입자가 온전한 모습을 유지하고 있다는 결과도 나오지 않아서 분석 데이터를 완전히 이해하기 어려운 상황이었다.

그때 누군가 놀란 목소리로 소리를 질렀다. 디샤티였다. 자리에 있던 사람 중 스크린에 뜬 분석 데이터에 관심을 보이지 않은 사람은 디샤티 한 명뿐이었다. 창가에 서 있던 그가 말했다.

"이런, 세상에나! 밖에서 무슨 일이 난 거지? 어서 이리 좀 와 보세요!"

총괄 기사가 귀찮다는 표정으로 말했다.

"어르신, 방해하지 말아 주세요!"

그러나 디샤티의 다음 말에 자리에 있던 모든 사람이 몸을 돌려 창가를 바라봤다.

"하늘…… 하늘이 어찌 된 건가요?"

밖을 쳐다보던 사람들은 자신의 눈을 믿을 수가 없었다. 하얀 빛이 창을 통해 들어오고 있었다. 까맣던 밤하늘이 우윳빛처럼 새하얗게 변해 있었던 것이다. 사람들은 건물 밖으로 나와 고비 사막의 상황을 확인했다. 하얀 하늘에서 부드러운 백색광이 우유 바다처럼 넘실거리고 있었다. 그 순간 지구는 거대한 백색 달걀 껍질에 싸여 있는 것만 같았다.

사람들이 이 광경에 적응해 갈 때 쯤, 하얀색 하늘에 있는 작은 흑점이 발견됐다. 흑점의 위치를 자세히 관찰하던 그들은 정신이 나갈 뻔했다.

디샤티가 모두들 감히 꺼내지 못한 말을 내뱉었다.

"신이시여, 저 흑점들은…… 별입니다!"

그들은 흑과 백이 뒤바뀐 하늘을 보고 있었다.

모두가 놀란 상황에서 누군가가 축구 경기를 중계하는 통제실 안 텔레비전에 주목했다. 화면에 나타난 상황은 꿈이 아닌 게 확실했다. 천리 밖에 있는 경기장도 하얀빛으로 덮여 있었고 수만 명이 놀란 표정으로 하늘을 바라보고 있었다.

총괄 기사가 애써 침착한 표정을 지으며 물었다.

"언제 일어났습니까?"

디샤티가 대답했다.

"방금 전 안에서 그 소리가 들렸을 때입니다."

사람들은 모두 침묵했다. 그들의 시선은 모두 존스와 딩의에게 꽂혔다. 아인슈타인 이후 가장 뛰어나다는 두 물리학자가 지금 눈앞에 나타난 악몽 같은 현실을 설명해 주길 바라는 눈빛이었다.

두 물리학자는 하늘을 보지 않고 고개를 숙인 채 골똘히 생각하는 중이었다. 잠시 후, 딩의가 먼저 우윳빛 하늘을 바라보며 긴 한숨을 내쉰 후 말했다.

"더 일찍 고려했어야 했습니다."

"그래요. 이건 대통일이론 방정식의 그 변량이 지닌 의미예요."

존스가 딩의를 바라보며 말했다.

"무슨 말씀을 하시는 거죠?"

총괄 기사가 외쳤다.

"총괄 기사님, 우리의 지구 항해가 성공했습니다!"

딩의가 웃는 표정으로 말했다.

"그러니까 지금 이 현상은 실험 때문이라는 거군요?"

"사실 그렇습니다. 지금 우리는 지구가 둥글다는 걸 알았어요."

존스는 은색 술병을 꺼내며 말했다.

주변에 있던 사람들이 당황한 눈으로 두 물리학자를 바라보며 말했다.

"둥글……다고요?"

"지구는 둥글어요. 표면의 한 점에서 출발해서 앞을 향해 계속 걸어가면 원점으로 돌아올 수 있습니다. 지금 우리는 우주의 시공이 어떤 모양인지 알았습니다. 아주 비슷해요. 미시 세계의 심층으로 계속 걸어가다 그 끝에 이르면 거시 세계로 돌아옵니다. 가속기가 조금 전 물질의 가장 작은 구조를 뚫고 갔기 때문에 그 힘이 가장 큰 구조에 작용해서 우주가 거꾸로 도는 겁니다."

존스의 말을 이어 딩의가 말했다.

"존스 박사님, 생명이 연장됐습니다. 물리학자들도 끝장나지 않았어요. 인류가 지구의 모양을 알게 된 후 지리학이 시작된 것처럼 물리학도 이제야 시작됐습니다. 우리 모두 틀렸습니다. 가장 근접한 답안은 디샤티 어르신이 조금 전 제기한 내용이었습니다. 저는 종교를 믿지 않지만 우주의 심오한 신비는 우리의 상상을 훨씬 뛰어넘는다고 생각합니다.

아, 한 가지 생각이 났습니다. 20세기 소설가 아서 찰스 클라

크가 쓴 과학 소설에 우주의 어둠과 밝음이 뒤바뀐 상태에 대한 개념이 나오는데 이게 현실이 될 줄은 아마 아무도 생각하지 못했을 겁니다."

"이제 어떻게 해야 합니까?"

총괄 기사가 물었다.

"지금은 괜찮아요. 저는 기꺼이 흑백이 뒤바뀐 우주에서 살수 있어요. 지금 우주도 원래 모습과 마찬가지로 아름답잖아요. 아닌가요?"

존스는 술병에 담긴 술을 모두 마신 후 약간 취했는지 두 팔을 뻗어 새로운 우주를 끌어안는 자세를 보였다.

"하지만 저걸 보면……."

총괄 기사가 창문으로 보이는 통제실 안 텔레비전을 가리키며 말했다.

경기장 안은 두려움에 떨고 있는 관중들로 점점 소란해졌고 집단 히스테리가 퍼져 나갔다. 이 화면만 봐도 현재 모두가 혼란에 빠졌다는 사실을 알 수 있었다.

"입자를 계속해서 표적에 충돌시킵시다."

딩의가 총괄 기사에게 말했다.

쿼크 붕괴가 일어난 후 결과를 분석하기 위해 슈퍼 에너지 입자를 표적에 충돌시키는 작업을 멈추고 있었다.

"미쳤어요? 두 번째 퀴크 붕괴가 일어나면 무슨 일이 일어날지 삼척동자도 다 안다고요. 우주 붕괴나 대폭발이 일어날 수도 있단 말입니다!"

"그렇지 않을 겁니다! 조금 전 현상으로 대통일이론의 방정식이 맞는다는 게 증명됐어요. 이제 우리는 다음 충돌로 무엇이 일어날지 알고 있어요."

존스가 말했다.

가속기 속 슈퍼 에너지 입자는 또다시 표적을 향해 날아갔다. 사람들은 이번에도 입자 폭우 속에서 다른 색의 방울이 나타나기를 기대하고 있었다.

1분, 2분……, 10분…….

완만하게 오르내리는 곡선과 여러 데이터가 스크린에서 느리게 움직이고 있을 뿐 아무 일도 일어나지 않았다. 텔레비전 화면에 보이는 경기장의 관중들은 이미 통제가 불가능한 상태였다. 우윳빛 하늘 아래 사람들은 목적을 잃고 우왕좌왕하다 서로 밟고 밟혔다.

곧이어 화면이 흔들리더니 텔레비전 신호가 끊기고 하얀 점들만 가득해 황량한 느낌을 주었다. 우주의 돌변은 인류의 모든 지식과 상상을 뛰어넘었기 때문에 도저히 받아들일 수 없었다. 지금 세계는 미치기 일보직전까지 왔다.

두 번째 버저 소리가 울렸다. 쿼크가 또다시 충돌했다.

우주는 아무런 징조도 보이지 않은 채 눈 깜짝할 사이에 뒤바뀌었다. 칠흑처럼 검은 밤하늘에 영롱한 별들이 보였다. 우주가 다시 제자리로 돌아온 것이다.

"세상에나, 당신들은 신이 하는 일을 하고 있습니다!"

디샤티가 말했다.

핵자 센터에 있던 사람들은 다시 밖으로 나와 밤하늘을 올려다봤다.

"네. 물질의 본질을 부지런히 탐색한 결과 우리는 신의 힘을 얻었습니다. 이것은 정말 꿈에도 생각하지 못한 일입니다."

존스가 말했다.

"하지만 우리는 여전히 인간일 뿐입니다. 앞으로 무슨 일이 일어날지 그 누가 알까요?"

딩의가 이어서 말했다.

밤하늘을 수놓은 찬란한 별들의 들리지 않는 노랫소리가 온 우주에 가득 찼다.

"신이시여······."

디샤티는 하늘을 향해 엎드렸다.

붕괴

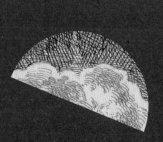

우주의 끝

붕괴는 새벽 1시 24분 17초에 발생한다.

국가 천문대 중 가장 큰 관측청에서 붕괴를 관측할 예정이었다. 곧 있으면 우주 망원경이 보낸 영상이 농구장 크기만 한 거대한 스크린에 나타날 것이다. 현재 화면은 아무것도 없는 공백 상태였다.

이론물리학, 천체물리학, 우주학계에서 권위 있는 학자 몇몇이 현장을 지키고 있었다. 그들은 곧 다가올 순간이 지닌 의미를 진정으로 이해할 수 있는 몇 안 되는 사람들이었다. 그들은 마치 하나님이 생명을 불어넣어 주길 기다리는 점토로 빚은 아담과 이브처럼 미동도 하지 않고 가만히 자리에 앉아 있었다.

천문대 관장은 초조한 마음에 자리를 왔다 갔다 했다. 거대한 스크린이 고장 났는데 수리 기사가 아직 도착하지 않아서였다.

우주 망원경에서 영상을 받기 전까지 대형 스크린을 고치지 못하면 하는 수 없이 작은 스크린에 영상을 띄워야 했다. 관장은 역사적으로 위대한 순간을 조그만 스크린으로 봐서는 안 된다고 생각했다.

잠시 후, 딩의 교수가 통제실로 들어왔다. 과학자들은 그제야 숨을 받고 되살아난 사람들처럼 일제히 자리에서 일어섰다. 딩의는 반경 200광년의 우주만큼이나 그들이 경외감을 느끼는 사람이었다.

딩의는 전과 마찬가지로 그 누구와도 인사를 나누지 않았고 그를 위해 준비한 크고 편안한 의자에 앉지도 않았다. 그는 발길 가는 대로 통제실 한편으로 걸어가 유리 진열장에 놓여 있는 도자기를 감상했다.

천문대의 보물이자 역사적으로 가치가 높은 이 도자기에는 수천 년 전 사람들이 눈으로 본 여름 하늘의 별자리가 새겨져 있었다. 상전벽해와 같은 큰 변화와 기나긴 세월을 거치다 보니 이제는 손만 대도 부서질 것만 같았다. 도자기에 새겨진 별자리는 희미해졌지만 통제실 밖에 보이는 하늘은 변함없이 그 모습 그대로였다.

딩의는 큰 담뱃대를 꺼내 들고 연초를 꼭꼭 채워 넣더니 옆에 아무도 없다는 듯 신경 쓰지 않고 담배를 태웠다. 주변에 있던 사람들은 그 모습을 보고 크게 놀랐다. 딩의는 심각한 기관지염을 앓고 있어서 평소에 담배를 전혀 입에 대지 않았다. 설령 피운다 해도 사람들 앞에서 담배 연기를 내뿜을 사람이 아니었다. 어디 그뿐인가. 관측청처럼 엄정한 금연 구역에서 일반 담배 열 개비보다 더 많은 연기를 내는 담뱃대를 문다는 건 말도 안 되는 일이었다.

그러나 딩의는 통일 이론을 세워 아인슈타인의 꿈을 이룬 과학자였기 때문에 하고 싶은 건 뭐든지 할 수 있는 자격이 있었다. 그는 자신이 세운 이론을 통해 우주라는 거대한 공간에 대한 예언들을 사실로 밝혀 냈다. 그중에는 슈퍼컴퓨터 수백 대가 통일 이론의 수학 모델을 따라 연산해 3년 만에 얻은 믿을 수 없는 결론도 있었다. 바로 팽창한 지 200억 년이 된 우주가 2년 후에 붕괴한다는 내용이었다.

어느새 그 2년이 지나고 이제 단 1시간만 남았다. 하얀 담배 연기가 딩의의 머리 위에 모여 빙빙 도는 모습이 마치 딩의의 대뇌를 떠다니는 불가사의한 생각 같았다.

관장은 조심스럽게 딩의에게 다가가 말했다.

"딩의 박사님, 오늘 성장*이 올 겁니다. 모시기 힘든 분이에

* 시를 책임지는 시장처럼 중국의 지방 행정 구역인 성을 책임지는 직책

요. 저희가 예산을 받을 수 있게 딩의 박사님께서 성장에게 말씀 좀 잘 해 주세요. 이런 일로 곤란하게 하면 안 되지만 천문대 예산이 바닥날 지경이라 어쩔 수 없습니다. 국내 우주학 관측 기지를 대표하는 저희마저도 지금 이런 처지입니다. 전파망원경의 전기 요금도 못 내고 있어요. 저걸 처분해야 하나 하는 생각도 하고 있습니다."

관장은 딩의가 감상하던 오래된 별자리 도자기를 가리키며 농담 반 진심 반으로 이어서 말했다.

"문화재 관련 법만 아니었으면 진작에 팔아 버렸을 거예요!"

바로 그때 성장이 수행원 두 명과 함께 들어왔다. 그들은 몹시 피곤한 표정을 짓고 있었다.

"미안합니다. 아, 딩의 박사님도 계셨군요. 여러분, 반갑습니다. 늦어서 정말 미안합니다. 오늘 처음으로 폭우가 그치고 해가 떴어요. 홍수 상황은 아직 긴장 상태입니다. 이를 처리하고 오느라 다소 늦었네요. 창강은 1998년 이래 최고 수위까지 강물이 불었어요."

관장은 감격에 겨운 목소리로 환영 인사를 나눈 후 성장을 딩의에게 데려갔다.

"딩의 박사님이 우주 붕괴의 개념에 관해 설명해 드리겠습니다."

관장은 이 말을 하고 딩의에게 살짝 눈짓을 했다. 이때 성장이 말했다.

"이렇게 해도 좋을지 모르겠군요. 제가 먼저 이 개념에 관해 이해하고 있는 내용을 말씀드리고 그다음에 이어서 딩의 박사님과 여기 계신 박사님들의 가르침을 받겠습니다. 먼저 몇 년도인지 기억이 잘 안 나지만 허블 망원경이 우주의 적색편이 현상을 발견했습니다. 우리가 관측할 수 있는 모든 항성계의 스펙트럼 흡수선이 붉은색 쪽으로 치우쳤죠.

도플러효과에 따라 모든 항성계는 우리에게서 멀어지고 있는 것으로 보입니다. 이런 현상으로 우리는 우주가 팽창하고 있다는 결론을 얻었습니다. 또한 우주는 200억 년 전 대폭발로 탄생했다는 결론도 내릴 수 있었습니다. 우주의 총질량이 어떤 수치보다 작으면 우주는 영원히 팽창할 겁니다. 그러나 만약 어떤 수치보다 크다면 만유인력이 줄어들면서 팽창 속도가 줄어들다 결국에는 정지할 겁니다. 그 다음에 우주는 인력 작용 속에 붕괴하게 됩니다.

이전 우주에서 관측이 가능했던 물질의 총량 때문에 사람들은 전자인 팽창에 치우쳤지만 훗날 중성미자에 질량이 있다는 게 밝혀졌습니다. 또 우주 속에서 과거에 관찰하지 못했던 암흑물질을 발견하면서 우주의 총질량이 크게 늘어나 후자인 붕괴가 힘을 얻었습니다.

　이후 사람들은 우주의 팽창 속도가 서서히 줄어들다 마지막에는 붕괴한다고 보고 있습니다. 우주 속 모든 항성계는 인력 중심으로 모일 거고 마찬가지로 케플러법칙으로 우리 눈의 모든 항성계 스펙트럼이 파란색 쪽으로 치우치게 됩니다. 즉, 청색편이가 일어납니다. 딩의 박사님은 통일 이론으로 우주가 팽창에서 붕괴로 바뀌는 시간을 정확히 계산해 냈습니다."

　"대단하십니다. 성장님만큼 기초과학에 해박한 지도자는 없을 겁니다. 딩의 박사님도 제 말에 동의할 거예요."

　관장은 성장을 치켜세우면서 여러 번 박수를 쳤다. 이어서 그는 딩의에게 눈짓을 줬다.

　"성장님 말씀은 기본적으로 맞습니다."

　딩의는 담뱃대를 카펫에 툭툭 쳤다.

　"맞습니다. 맞아요. 딩의 박사도 이렇게 생각한다니……."

　신이 난 관장이 말을 하는데 딩의가 다시 웃옷 주머니에서 연초를 꺼내며 말했다.

　"성장님의 얕은 지식을 보여 주기에 충분할 만큼 정확합니다."

　그 순간 관장의 표정이 굳어 버렸다. 과학자들 사이에서는 작은 웃음소리가 새어 나왔다.

성장은 너그러운 표정으로 웃으며 말했다.

"물리학을 전공했지만 대학을 졸업한 지 30년이 지나 기억나는 게 거의 없군요. 자리에 계신 박사님들과 비교하면 제 물리학과 우주학 지식은 얕다 못해 밑바닥일 겁니다. 아, 저는 뉴턴의 운동 법칙만 기억이 납니다."

딩의는 새로 넣은 연초에 불을 붙이고 말했다.

"아는 게 너무 없으십니다."

관장은 난처한 표정으로 고개를 저었지만 오히려 성장은 감격에 찬 목소리로 말했다.

"딩의 박사님, 우리는 완전히 다른 두 세계에 살고 있습니다. 저의 세계는 현실적이고 낭만이 없으며 번잡합니다. 우리는 개미처럼 하루 종일 바쁘게 일하지만 시야가 좁습니다. 늦은 밤 사무실에서 퇴근하는 길에 별이 뜬 하늘을 보는 것마저도 사치일 정도지요.

그러나 박사님의 세계는 신비롭고 오묘하며 박사님의 생각은 수백 광년의 공간과 수백억 년의 시간을 넘어섭니다. 박사님이 보시기에 지구는 우주의 티끌 정도에 불과하고 현세는 영원 속에 측정도 할 수 없을 만큼 짧은 순간입니다. 우주 전체가 박사님의 호기심을 채워 주기 위해 존재하는 걸지도 모릅니다. 솔직히 말하자면 딩의 박사님, 저는 정말 박사님이 부럽습니다. 한

때 저도 그런 꿈이 있었지만 박사님의 세계로 들어가기가 쉽지 않았습니다."

"성장님, 오늘 저녁은 어렵지 않으실 겁니다. 적어도 딩의 박사의 세계에 잠시 머물면서 이 세계에서 가장 위대한 순간을 함께 목격할 수 있으니까요."

옆에 있던 관장이 말했다.

"안타깝게도 제게 그런 행운은 없군요. 여러분, 미안합니다. 창강 제방 여러 곳이 위험해서 저는 곧바로 재난 위원회에 가야 합니다. 가기 전에 딩의 박사님께 배움을 얻고 싶어 잠시 여기에 온 겁니다. 유치하게 느껴지시겠지만 오랜 시간 스스로 해결해보려고 애썼던 문제입니다.

첫 번째 문제는 우주가 적색편이에서 청색편이로 가고 있습니다. 우리는 모든 항성계의 스펙트럼이 동시에 청색편이 하는 현상을 볼 겁니다. 하지만 현재 관측할 수 있는 가장 먼 항성계는 우리에게서 200억 광년이나 떨어져 있습니다. 박사님의 계산에 따르면 우주는 같은 순간에 붕괴될 겁니다. 그렇다면 우리는 200억 광년이 지나야 이 항성계들의 청색편이를 볼 수 있습니다. 가장 가까이 있는 켄타우루스자리도 4년 후에야 청색편이를 볼 수 있습니다."

딩의는 천천히 담배 연기를 내뿜었다. 그가 내뿜은 연기는 축소된 소용돌이 모양의 성운처럼 허공을 날아갔다. 이어서 딩의가 말했다.

"훌륭합니다. 여기까지 고민했다면 물리학과 학생 수준까지 오긴 했지만 아직도 지식이 얕은 학생일 뿐입니다. 자, 우리는 우주 속에서 모든 항성계의 스펙트럼이 청색편이 하는 것을 보게 될 겁니다. 하지만 4년부터 200억 년까지 순서대로 보이는 게 아닙니다. 이는 우주의 크기 범위 내의 양자 효과에서 나왔습니다. 즉, 물리학과 우주학 중 가장 설명하기 어려운 개념이라 성장님이 이해할 거란 희망은 없습니다.

그러나 첫 번째 힌트를 얻었으니 떠오르는 게 있을 겁니다. 우주 붕괴로 일어난 효과는 인간이 상상하는 것보다 복잡합니다. 다른 질문이 있으십니까? 아, 성장님, 바로 가실 필요는 없습니다. 그리 급한 일이 아니니 처리하지 않으셔도 됩니다."

"우주와 비교하면 창강의 홍수는 미약합니다. 그러나 딩의 박사님, 저 또한 신비한 우주를 동경하지만 사람은 어쨌든 현실 생활을 살아야 합니다. 그러니 저는 이만 가보겠습니다. 딩의 박사님 가르침에 감사의 말씀을 드립니다. 여러분, 오늘 밤 원하시는 걸 볼 수 있길 바랍니다."

"제 말의 의미를 이해 못 하셨군요. 창강 제방에는 수많은 사람이 수해 작업을 하고 있을 겁니다."

"하지만 그 작업의 총괄 책임자는 접니다. 딩의 박사님, 저는 이만 돌아가야 합니다."

"성장님은 여전히 말의 의미를 모르십니다. 제방 위에 있는 사람들은 지쳤을 겁니다. 그러니 이만 그곳에서 떠날 수 있게 해 주십시오."

자리에 있던 사람들은 모두 어안이 벙벙해졌다.

"뭐…… 떠나라고요? 왜죠? 우주 붕괴를 보기 위해서요?"

"우주 붕괴에 관심이 없다면 집에 가서 자도 됩니다."

"딩의 박사님, 농담을 잘하시는군요!"

"저는 진지하게 말씀드린 겁니다. 지금 하는 수해 복구 작업은 아무런 의미가 없습니다."

"왜죠?"

"붕괴하니까요."

한참 동안 침묵이 이어졌다. 잠시 후, 성장이 통제실 한편에 진열한 오래된 별자리 도자기를 가리키며 말했다.

"딩의 박사님, 우주는 계속해서 팽창하고 있습니다. 하지만 상고시대부터 지금까지 우리가 본 우주는 아무 변화도 없었습니다. 붕괴도 마찬가지입니다. 인류의 시공은 우주의 시공과 달리 무시해도 될 만큼 보잘것없이 작습니다. 순수 이론이 지닌 의의 외에 저는 붕괴가 우리 생활에 영향을 준다고 생각하지 않습니다. 우리는 1억 년 이후에도 붕괴 때문에 일어난 작은 변화를 관측하지 못할 겁니다. 그때 우리가 존재한다 할지라도 말입니다."

딩의가 말했다.

"15억 년, 만약 우리가 현재 가장 정밀한 기기로 15억 년 후의 변화를 측정할 수 있다면 태양은 이미 오래전 소멸했을 거고 우리는 존재하지 않을 겁니다."

"하지만 우주가 완전히 붕괴하는 데 200억 년이 걸립니다. 그러니 인류는 우주라는 큰 나무에 맺힌 작은 이슬방울일 뿐이에요. 이 짧은 삶으로는 거대한 나무의 성장을 느끼지 못합니다. 박사님은 동의하지 않겠지만 인터넷에는 우주가 붕괴돼서 납작해질 거라는 웃기는 말이 돌고 있습니다."

이때 창백한 얼굴을 한 젊은 여성이 어두운 낯빛으로 들어왔다. 그녀는 대형 스크린을 담당하고 있는 기사였다.

"샤오장, 뭐 하는 거야! 지금이 어느 땐 줄 알기나 해?"

몹시 화가 난 관장이 그녀에게 고함을 질렀다.

"아버지께서 돌아가셨어요."

관장은 순간 화가 누그러졌다.

"정말 미안하네. 몰랐어. 하지만……."

기사는 더 이상 아무 말도 하지 않고 조용히 대형 스크린에 있는 제어용 컴퓨터 앞으로 가서 고장 원인을 검사했다. 딩의가 담뱃대를 입에 물고 그녀에게 천천히 걸어갔다.

"우주의 붕괴가 지닌 진정한 의미를 이해한다면 아버지의 죽음이 이렇게 슬프지 않을 거예요."

현장에 있던 사람들 모두 딩의의 말에 깜짝 놀랐다. 기사는 딩의 말을 듣고 벌떡 일어났다. 그녀의 창백했던 얼굴이 붉게 달아올랐고 두 눈에는 눈물이 고였다.

"박사님은 이 세상 사람이 아니군요! 박사님의 우주에서 우리 아버지는 아무것도 아닐 테죠. 하지만 저에게는 중요한 사람이에요. 우리 같은 보통 사람들에게는 매우 중요하다고요! 박사님의 우주 붕괴는 밤하늘에 있는 광선 주파수에 작은 변화가 일어나는 것뿐이에요. 이 변화, 이 광선은 정밀 기기가 수만 배 확대하지 않으면 아무도 보지 못해요. 붕괴가 뭐죠? 보통 사람들에게는 아무것도 아니란 말이에요! 우주의 팽창과 붕괴가 우리에게 무슨 차이가 있는데요? 하지만 아버지는 저에게 무척이나 중요해요. 무슨 말인지 알겠어요?"

정신을 차린 기사는 감정을 억제하고 자리로 돌아가 하던 일을 계속했다.

딩의가 한숨을 내쉬고 고개를 저으며 성장에게 말했다.

"그래요. 성장님 말씀처럼 우리에게는 두 가지 세계가 존재합니다"

딩의는 손가락으로 자신과 한 자리에 있는 물리학자와 우주학자를 커다란 원 안에 그리고 난 후 물리학자들을 가리키며 말했다.

"크기가 작으면 백억 분의 일 밀리미터이고."

딩의는 우주학자들을 가리키며 말을 이었다.

"크다면 백억 광년입니다. 이건 상상만으로 이해할 수 있는 세계입니다. 하지만 여러분의 세계에는 창강에 홍수가 나고 빠듯한 예산에 쩔쩔매야 하고 돌아가신 아버지와 아직 살아 계신 아버지가 있습니다. 지극히 현실적인 세계입니다. 그러나 슬프게도 사람들은 이 두 세계를 분리하려 합니다."

"하지만 박사님도 두 세계가 분리된 걸 보셨잖습니까."

성장이 말했다.

"아닙니다. 기본 입자는 작지만 우리를 구성하고 있어요. 비록 우주는 크지만 우리 안에 있습니다. 미시 세계와 거시 세계의 변화가 우리의 모든 것에 영향을 미치고 있습니다."

"곧 발생할 우주 붕괴가 우리의 무엇에 영향을 주고 있습니까?"

딩의는 갑자기 크게 웃었다. 웃음은 신경질적이면서도 알 수 없는 무언가를 포함하고 있어서 듣는 사람들은 소름이 끼쳤다.

"좋습니다. 물리학과 학생님, 시공간과 물질의 관계를 생각나는 대로 암송해 보세요."

성장은 초등학생처럼 암송하기 시작했다.

"상대성이론과 양자역학으로 구성된 현대물리학에 따르면, 시간과 공간은 물질을 벗어나 독립적으로 존재할 수 없습니다. 절대적인 시공은 없으며 시간과 공간은 물질과 하나로 합쳐져 있다고 합니다. 많은 사람이 이를 증명했습니다."

"좋습니다. 하지만 이를 진정으로 이해하는 사람이 있을까요?"

딩의는 성장에 이어 관장에게도 물었다.

"관장님은요?"

딩의는 이어서 고개를 숙이고 일하는 기사에게도 물었다.

"기사님은요?"

이번에는 통제실에 있는 다른 관계자들에게도 물었다.

"여러분은요?"

마지막으로 과학자들에게도 말했다.

"여러분은요? 아닙니다. 여러분은 이해하지 못하고 있습니다. 여전히 절대 시공으로 우주를 생각하고 있지요. 대지를 밟는 것과 마찬가지로 자연스럽게 말입니다. 절대 시공은 여러분의 사상이 의지하는 대지라 여기를 떠나서는 아무것도 이해하지 못합니다. 여러분은 그저 우주의 팽창과 붕괴는 우주 속 항성계가 절대적인 시간과 공간 속에서 흩어지고 모이는 것이라고 생각할 뿐입니다."

딩의는 이 말을 마치고 유리 진열장 앞으로 천천히 걸어갔다. 진귀한 별자리 도자기를 손에 들고는 여기저기 만지면서 감상했다. 관장은 걱정되는 마음에 두 손으로 별자리 도자기 아래를 받히고 있었다. 20여 년 동안 그 누구도 이 보물에 감히 손도 대지 못했다. 관장은 초조한 마음으로 딩의가 어서 도자기를 원래 자리에 놓기만을 기다리고 있었다. 그런데 그 순간 딩의가 도자기를 공중으로 휙 던져 버렸다.

거꾸로 흐르는 시간

어마어마한 가치를 지닌 오래된 보물이 순식간에 산산조각
났다.

자리에 있던 사람도 그 자리를 채우고 있던 공기도 모두 얼어
버린 것 같았다. 오직 딩의만이 유유히 움직이고 있었다. 모든
것이 굳어 버린 세상에서 홀로 움직이는 그가 말을 이었다.

"시공과 물질은 나눌 수 없습니다. 우주의 팽창과 붕괴에는
모든 시공이 포함됩니다. 그래요, 여러분. 모든 시간과 공간을
포함하고 있어요!"

또다시 무언가 깨지는 소리가 들렸다. 물리학자의 손에 들려
있던 유리컵이 떨어지면서 나는 소리였다. 그는 별자리 도자기
가 아니라 딩의의 말에 담긴 의미를 파악하고 크게 놀랐다.

"박사님 말대로라면……."

딩의를 응시하던 학자는 더 이상 말이 나오지 않았다.

딩의가 고개를 끄덕이며 말했다.

"그렇습니다."

이어서 그는 성장에게 말했다.

"학자들은 이해했습니다."

"그렇다면 이건 통일 수학 모델의 계산 결과 중에서 마이너스 시간이 지닌 의미군요?"

또 다른 물리학자도 크게 깨달았는지 놀란 목소리로 말했다.

딩의가 고개를 끄덕였다.

"어째서 더 일찍 세상에 공개하지 않았습니까? 너무 무책임하군요!"

옆에 있던 물리학자가 나무라듯 말했다.

"그게 무슨 소용이 있습니까? 전 세계에 혼란만 일으킬 뿐이에요. 우리가 시공에 대해 무엇을 할 수 있습니까?"

"박사님들, 지금 무슨 이야기를 나누고 있는 겁니까?"

영문을 모르는 성장이 물었다.

"붕괴……."

천체물리학자인 관장이 잠꼬대처럼 중얼거렸다.

"우주 붕괴가 인류에 영향을 끼칠 거예요. 그렇죠?"

"영향이라고요? 아니요. 모든 것을 바꿔 버릴 겁니다."

"무엇을 바꿀 수 있나요?"

과학자들은 자기 생각을 정리하기에 바빠 아무도 성장에게 대답해 주지 않았다.

"알려 주십시오. 붕괴할 때 혹은 우주가 청색편이를 시작할 때 무엇이 일어나는 거죠?"

성장이 조급하게 물었다.

"시간이 역전될 겁니다."

딩의가 대답했다.

"역전……이라고요?"

성장은 무슨 말인지 이해가 안 됐는지 관장과 딩의를 번갈아 가며 쳐다봤다.

"시간이 거꾸로 흐르는 거예요."

관장이 간략하게 설명했다.

때마침 수리를 마친 대형 스크린에 장엄하면서도 아름다운 우주가 펼쳐졌다. 붕괴를 직관적으로 보기 위해 컴퓨터로 우주 망원경이 보낸 영상에 주파수를 변환했더니 색채 효과가 시각적으로 표현됐다.

현재 모든 항성과 항성계가 보내는 빛이 대형 스크린에 붉게 나타났다. 그것은 현재 팽창하고 있는 우주의 적색편이를 상징하고 있었다. 붕괴가 시작되면 적색이 청색으로 변할 것이었다.

스크린의 한편에 청색편이의 출현을 알리는 카운트다운이 시작됐다. 이제 대략 150초 정도 남았다.

"우리의 시간은 200억 년간 이어진 우주 팽창을 따랐습니다. 그러나 이제 팽창의 시간이 3분도 채 남지 않았습니다. 이후 시간은 우주의 붕괴를 따를 겁니다. 시간은 거꾸로 흐를 거예요."

이 말을 마치고 딩의는 얼이 빠진 모습을 하고 있는 관장 앞으로 다가가 산산조각 난 별자리 도자기를 가리켰다.

"이 골동품이 깨졌다고 마음 아파하지 마십시오. 청색편이가 나타나면 얼마 지나지 않아 깨진 조각들은 원래 모습으로 되돌아갈 것입니다. 얼마간은 진열장에 있을 거고 몇 년이 지나면 흙 속 깊이 묻혀 있을 겁니다. 그러다 다시 몇 천 년의 시간이 지나면 뜨겁게 달궈진 가마 안에 있을 거고 진흙 덩어리로 상고시대의 천문학자 손으로 돌아갈 거예요."

딩의는 젊은 여성 기사 곁으로 걸어가 말을 이었다.

"아버지께서 돌아가셨다고 슬퍼하지 말아요. 다시 살아나실 거니 만날 수 있어요. 아버지가 기사님에게 중요한 분이라면 큰 위안을 얻을 수 있을 거예요. 우주 붕괴 이후에는 아버지가 기사님보다 더 오래 사실 거니까요. 아버지는 기사님이 갓난아이가 됐다가 이 세상을 떠나는 모습을 보게 될 겁니다. 우리 노인들이 인생의 여정에 막 발을 들여놓을 때, 젊은 사람은 이 세상에서 곧 사라지거나 유년 시절을 보내고 있을 거예요.”

딩의가 이번에는 성장에게 다가가 말했다.

“만약 과거에 이런 일이 없었다면 성장님 임기 내에 창강 제방이 홍수로 넘치는 일은 영원히 발생하지 않을 겁니다. 현재 우주 속의 미래는 약 100초밖에 남지 않았으니까요. 붕괴한 우주의 미래는 곧 팽창한 우주의 과거입니다. 가장 위험한 순간이 1998년에 일어나겠지만 그때 성장님은 유년시절을 보내고 있을 때니 아무런 책임이 없으실 겁니다.

이제 1분 남았습니다. 지금 무엇을 하더라도 미래에 나쁜 일을 일으키지 못합니다. 여러분이 좋아하는 일을 할 수도 있고 앞날을 걱정하지 않아도 됩니다. 이 시간 속에서 앞날은 없어지니까요. 저는 지금 제가 좋아하는 걸 하고 있어요. 예전에는 기관지염 때문에 하지 못했던 일이었지요.”

딩의는 주머니 안에 있는 연초를 꺼내 담뱃대에 꾹꾹 눌러 넣은 후 불을 붙여 한 모금 쭉 빨았다.

이제 50초 후면 청색편이가 일어난다.

잠자코 듣고 있던 성장이 외쳤다.

“이건 불가능합니다! 논리적으로 말이 안 되는 일이에요. 시간이 거꾸로 돈다고요? 모든 것이 되돌아갈 거라니. 우리가 하는 말도 거꾸로 돌아가나요? 상상도 못할 일입니다!”

"성장님은 곧 적응하실 겁니다."

청색편이가 40초 남았다.

"앞으로 모든 일이 재현됩니다. 역사와 인생은 무미건조해질 거예요."

관장이 멍한 표정으로 중얼거렸다.

"그렇지 않아요. 다른 시간 세계에서는 현재의 과거가 우리의 미래가 됩니다. 우리의 현재는 그때의 미래 속에 있습니다. 미래를 기억하지 못할 겁니다. 청색편이가 일어나면 미래는 공백이 돼 버릴 테니 아무것도 기억하지 못하고 그 무엇도 모를 겁니다."

청색편이가 20초 남았다.

"이건 불가능합니다!"

"노년기에서 유년기로, 성숙에서 유치로 가는 게 얼마나 합리적이고 당연한 이치인지 알게 될 겁니다. 만약 누군가 시간을 언급하면서 또 다른 방향으로 흐른다고 말하면 사람들은 황당무계한 말을 한다고 생각할 겁니다. 곧 시작되겠군요. 10여 초 남았습니다. 10여 초 후, 우주가 시간의 특이점을 지나면 그 시간은 존재하지 않게 됩니다. 그다음은요? 우리는 붕괴된 우주 속으로 들어갈 겁니다."

이제 8초가 남았다.

"이건 불가능합니다! 정말 있을 수 없는 일입니다!"

"뭐라고 말하든 상관없습니다. 이제 곧 알게 될 거예요."

5, 4, 3, 2, 1, 0.

우주 속 별빛은 붉은색에서 텅 빈 흰색으로 변했다.

그리고 시간의 특이점이 왔다.

별빛은 흰색에서 안정적이고 아름다운 파란색으로 변했다. 청색편이가 일어나면서 우주의 붕괴가 시작됐다.

……

.다됐작시 가괴붕 의주우 서면나어일 가이편색청 .다했변 로 으색란파 운다름아 고이적정안 서에색흰 은빛별

.다왔 이점이특 의간시 고리그

.다했변 로으색흰 빈 텅 서에색은붉 은빛별 속 주우

.0, 1, 2, 3, 4, 5

".요예거 될 게알 곧 제이 .다니습없관상 든하말 고라뭐"

"!다니입일 는없 수 을있 말정 !다니합능가불 건이"

.다았남 가초8 제이

".다니겁 갈어들 로으속 주우 된괴붕 는리우 ?요은음다그 .다 니됩 게않 지하재존 은간시 그 면나지 을점이특 의간시 가주우

,후 초 여01 .다니습았남 초 여01 .요군겠되작시 곧 .다니겁 할
각생 고다한 을말 한계무당황 은들람사 면하말 고다른흐 로으
향방 른다 또 서면하급언 을간시 가군누 약만……

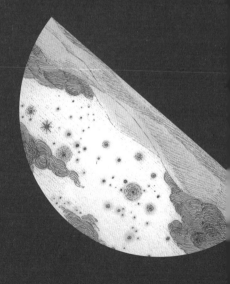

고래의 노래

대왕고래와 해양생물학자

워너는 뱃머리에 서서 대서양의 고요한 바다를 바라보며 깊은 생각에 빠졌다. 그는 원래 고민을 많이 하는 사람이 아니었다. 생각이란 걸 하지 않아도 어떻게 해야 하는지 방법을 잘 알고 있었기 때문이다. 그런 그에게 지금은 뭔가 곤란한 일이 있어 보였다.

워너는 언론 매체에서 묘사한 악마 같은 모습보다는 산타클로스를 많이 닮았고, 눈은 날카로워 보였지만 둥근 얼굴에 달달하고 호쾌한 웃음을 잘 지었다. 그는 이제껏 단 한 번도 총을 든 적이 없다. 그저 웃옷 주머니에 작고 날카로운 칼 하나를 넣고 다니다 과일을 깎거나 사람을 죽일 뿐이었다. 이 두 가지 일을 할 때도 그는 여전히 웃는 얼굴이었다.

워너의 호화 유람선에는 그가 고용한 사람이 80명이나 있었고, 남미의 밀림에 있는 정제 공장에서 가져온 고순도 헤로인이 25톤이나 실려 있었다.

두 달 전, 콜롬비아 정부군이 정제 공장을 포위했을 때, 동생과 서른 명이 넘는 부하가 헤로인을 지키고자 총격전을 벌이다 죽었다. 이런 이유로 그는 수중에 있는 헤로인을 급히 팔아 다시 정제 공장을 세워야 했다. 아마도 이번에는 볼리비아나 아시아의 황금 삼각지대*에 공장을 지어 마약 제국을 세우는 평생의 꿈을 이뤄 나갈 예정이었다.

하지만 지금 문제가 하나 생겼다. 그가 탄 유람선이 한 달째 상하이에서 발이 묶여 단 1그램의 헤로인도 미국으로 가져가지 못하고 있었다. 중성미자 탐측기가 발명된 이후로 마약을 숨길 수 없게 돼 세관을 통과하기가 어려웠기 때문이다.

1년 전, 워너는 무게가 10여 톤이나 나가는 강괴 가운데에 헤로인을 넣고 주조했지만 쉽게 발각됐다. 이 일이 있고서 그는 아주 절묘한 방법을 하나 떠올렸다. 경비행기로 헤로인을 50킬로그램씩 실어 가는 방법이었다. 비행기로 바다를 건너고서 땅이 보이면 조종사가 헤로인을 실은 낙하산을 타고 뛰어 내리면 됐다. 이 방법을 쓰면 경비행기 한 대를 잃게 되지만 헤로인 50

---

* 태국, 미얀마, 라오스의 접경 지역으로 마약 밀집 생산 지역

킬로그램이면 충분히 거액을 손에 쥘 수 있었다.

이 방법은 절대 실패할 수 없었다. 적어도 미국이 위성과 레이더로 구성된 거대한 공중 감시 시스템을 세우기 전까지는 그랬다. 이 시스템은 낙하산을 멘 조종사를 발견하고 추적하는 데 탁월해서 워너의 용맹한 조종사들이 착륙도 하기 전에 경찰들이 아래에 마중 나와 있었다.

이후 워너는 작은 보트로 운송하는 방법도 생각해 봤지만 결과는 더 참혹했다. 해양경찰대의 쾌속정에 중성미자 탐측기가 장착돼 있어서 3,000미터 내에서부터 보트를 스캔하면 마약을 찾아낼 수 있었다.

워너는 소형 잠수함까지 동원할까 했지만 미국은 이미 오래전 냉전시대에 사용하던 수중 감시망을 완벽하게 보완했기 때문에 해안에서 먼 곳에 있는 소형 잠수함도 쉽게 발각됐다.

워너는 속수무책이었다. 그는 자기 발목을 묶어 버린 과학자들을 증오했다. 그러던 어느 날, 그의 머리에서 반짝하고 새로운 아이디어가 떠올랐다.

'과학자가 나를 도와줄 수 있지 않을까?'

워너는 미국에서 공부하는 아들에게 자신을 도와줄 과학자를 찾아보라고 전하며 돈은 얼마가 됐든 넉넉히 내주겠다고 했다. 그리고 바로 오늘, 아들은 과학자를 데리고 다른 배에서 유람선으로 옮겨 탔다.

"아빠, 천재 과학자를 찾았어요. 캘리포니아 공과 대학에서 알게 된 과학자예요."

"흥, 천재? 너는 그 대학에서 3년이나 시간을 허비했는데도 천재가 되지 못했어. 천재가 그리 쉽게 찾아지더냐?"

워너는 콧방귀를 뀌며 말했다.

"아빠, 홉킨스 씨는 정말 천재예요!"

워너는 유람선 앞 갑판에 있는 파라솔 의자에 앉아 작은 칼로 파인애플 껍질을 벗겼다. 아들이 데려온 사람은 조금 전까지 뱃전에 서서 바다를 바라보다 그들이 있는 곳으로 걸어왔다.

그는 심하게 빼빼 말랐는데 특히 막대기처럼 가는 목이 무척이나 인상적이었다. 저 가는 목으로 어떻게 머리를 지탱하고 있는지 신기할 정도였다. 워너는 그를 보고 정말 특이하게 생겼다고 느꼈다.

아들이 그를 소개했다.

"해양생물학자 데이비드 홉킨스 박사예요."

"우리를 도와줄 수 있다고 들었다."

워너는 산타클로스를 닮은 웃음을 지으며 말했다.

"그렇습니다. 제가 물건을 옮겨 드릴 수 있습니다."

홉킨스는 무표정한 얼굴로 답했다.

"뭘로?"

"고래입니다."

아들이 손짓을 하자 그의 수하에 있는 두 사람이 이상한 물건을 하나 들고 왔다. 투명한 플라스틱으로 만든 작은 유선형 모양의 배로 높이는 1미터, 길이는 2미터 정도였다. 소형 자동차만 한 크기에다 두 사람이 탈 수 있는 자리가 있었다. 좌석 앞 스크린에는 간단한 계기판이 있었으며 뒤에는 물건을 놓을 수 있는 트렁크가 있었다.

"이 배는 2인승에 약 1톤 정도 되는 물건을 실을 수 있습니다."

"이걸로 어떻게 물건을 싣고 500킬로미터 떨어진 마이애미에 갈 수 있지?"

"고래가 입 속에 물고 갈 겁니다."

워너는 미친 듯이 웃었다. 가늘고 날카로운 웃음에서 거친 웃음으로 바뀌는 동안 그 안에는 기쁨, 분노, 의심, 절망, 공포, 비애 등 모든 감정이 담겨 있어서 그가 어떤 감정으로 웃었는지는 오직 본인만 알 수 있었다.

"아주 절묘해. 그 물고기에게 얼마를 지불하면 내가 원하는 목적지에 갈 수 있지?"

"먼저 한 가지 짚고 넘어가야 할 부분이 있습니다. 고래는 물고기가 아니라 해양에 사는 포유동물입니다. 돈은 고래가 아닌 저에게 주시면 됩니다. 저는 그 고래의 대뇌에 바이오 전극과 외부 신호를 수신할 수 있는 컴퓨터를 설치해 뒀습니다. 그걸로 고래의 뇌파 신호를 읽어 내면 외부에서 고래의 모든 행동을 통제할 수 있습니다. 바로 이 장치입니다."

홉킨스는 주머니에서 리모컨을 꺼냈다.

워너는 조금 전보다 더 격정적으로 웃었다.

"하하하! 자네 피노키오를 너무 많이 봤군. 하하하! 하하하!"

워너는 허리를 굽히고 숨도 쉬지 못할 정도로 웃다 그만 손에 들고 있던 파인애플을 떨어뜨리고 말았다.

"하하하! 그 나무 인형. 아, 피노키오. 노인네와 큰 물고기에게 잡아먹혀 배 속으로 들어갔지. 하하하!"

아들이 아버지의 태도를 보고 한마디했다.

"아빠, 홉킨스 박사의 말대로 해 보세요. 해 볼 만한 방법이에요!"

"하하하! 피노키오와 그 노인네는 물고기 배 속에 한참동안 갇혀 있었어. 그 안에서 말이야. 하하하! 그 안에서 촛불도 켰다고. 하하하!"

미친 듯이 웃던 워너는 전원을 뺀 전등처럼 순식간에 과장된 웃음을 거두고 산타클로스 같은 미소를 살짝 지었다. 자리에서 일어난 그는 파인애플 껍질을 벗기던 작은 칼을 들고 말했다.

"거짓말을 한 피노키오는 어떻게 됐더라?"

홉킨스는 당황하지 않고 침착하게 그를 바라봤다.

워너는 아들이 말릴 틈도 없이 작고 예리한 칼로 홉킨스의 코끝을 살짝 잘라 냈다. 피가 흘러내렸지만 홉킨스는 여전히 침착한 태도를 잃지 않았다. 그는 원래 코가 없던 사람처럼 흐르는 피를 닦지 않았다.

워너가 손짓을 하며 말했다.

"이 천재를 장난감 안에 넣고 바다에 던져 버려라."

남미 남자 두 명이 홉킨스를 투명한 배 안에 넣었다. 워너는 리모컨을 홉킨스에게 건넸다. 모르는 사람이 봤다면 산타클로스가 아이에게 장난감을 주는 것처럼 친절한 장면으로 오해했을 수도 있었다.

"얘야, 이걸 받고 네 사랑스러운 고래를 불러라. 하하하!"

워너는 다시 미친 듯이 웃었다. 배가 바다 속으로 들어가면서 물보라가 일자 다시 웃음을 거두고 엄숙한 표정으로 아들에게 말했다.

"저 사람은 조만간 바다 위에서 죽게 될 거야."

투명한 배는 물방울처럼 힘없이 바닷물 위에 떠서 출렁이는 파도를 탔다.

잠시 후, 배에서 200여 미터 떨어진 곳 해수면에 커다란 물보라가 일었다. 그 물보라는 놀랄 만큼 빠른 속도로 이동하다가 가운데에서 거대한 파도가 두 개로 갈라지면서 검은 산등성이가 모습을 드러냈다.

"대왕고래예요. 길이가 48미터나 돼요. 홉킨스는 그를 포세이돈이라 불러요. 고대 그리스 신화에 나오는 바다의 신이죠."

아들이 워너에게 귓속말로 말했다.

산등성이는 배에서 10여 미터 떨어진 곳에서 사라졌다. 곧이어 배에서 멀지 않은 곳에 검은 돛을 닮은 꼬리와 거대한 머리가 보였다.

고래는 큰 입을 쩍 하고 벌려 물고기가 빵 부스러기를 먹듯 배를 꿀꺽 삼켜 버렸다. 이어서 고래는 유람선을 둘러싸고 주변을 빙빙 돌기 시작했다. 작은 산만 한 고래가 움직이면서 생긴 파도가 철썩철썩 소리를 내며 유람선을 쳤다. 세상 무서울 게 없던 워너도 이 광경을 보고 경외감을 느꼈다.

대왕고래는 유람선을 한 바퀴 돈 후 곧바로 돌진해 왔다. 거대한 머리가 바다에 모습을 드러냈을 때, 배에 탄 사람들은 조개껍데기가 더덕더덕 붙은 고래의 거친 피부를 똑똑히 목격했다. 그제야 사람들은 대왕고래의 거대한 크기를 제대로 실감할 수 있었다.

이어서 대왕고래는 큰 입을 벌리고 작은 배를 뱉어 냈다. 작은 배는 수평에 가까운 선을 따라 뱃전을 지나 갑판에 쿵 하고 떨어졌다. 선실 문이 열리고 홉킨스가 기어 나왔다. 코에서 흐르던 피가 가슴팍 옷을 붉게 물들인 것을 제외하고 별 탈이 없어 보였다.

워너가 고함을 질렀다.

"어서 의사를 부르지 않고 뭐 하는 거냐! 피노키오 박사가 다친 게 안 보여?"

워너는 마치 홉킨스의 부상이 자신과 관련이 없다는 듯 말했다.

"제 이름은 데이비드 홉킨스입니다."

홉킨스가 근엄하게 말했다.

"나는 너를 피노키오라고 부를 거다."

워너는 홉킨스를 바라보며 산타클로스를 닮은 웃음을 지었다.

고래를 타고 건너는 북대서양

　몇 시간 후, 워너와 홉킨스는 투명한 소형 배 안으로 몸을 밀어 넣고 헤로인 1톤을 좌석 뒤에 실었다. 워너는 활기를 잃은 피를 자극하려면 모험이 필요하다며 직접 배에 올라탔다. 유람선에 있는 선원들은 줄을 이용해 천천히 소형 배를 바다에 내려놓고 멀어져 갔다.

　배 안에 남은 워너와 홉킨스는 바다에 닿자마자 온몸으로 거센 파도를 느꼈다. 바다 위로 반 정도 모습을 드러낸 배 위로 어느새 대서양의 일몰이 붉게 빛나고 있었다.

　홉킨스가 리모컨을 꺼내들고 버튼 몇 개를 누르자 멀리 바다에서 나지막이 물 가르는 소리가 들려왔다. 그 소리는 점점 크게 들리다 어느 순간 대왕고래의 큰 입이 바다 위에 쩍 하고 나타났다.

고래가 빨아들이는 힘에 배가 블랙홀에 빠진 것처럼 고래 입속으로 빨려 들어갔다. 빛이 빠르게 줄어들며 한 줄기 선이 되더니 금세 어둠만 남았다. 모든 것이 어둠에 잠긴 그곳에는 탁탁탁 소리만 들렸다. 고래의 커다란 이빨이 부딪치면서 나는 소리였다. 이어서 엘리베이터를 탈 때 느껴지는 느낌과 함께 고래는 바다 깊이 들어갔다.

"피노키오, 아주 훌륭해……. 하하하!"

워너는 어둠 속에서 또다시 미친 사람처럼 웃어 댔다. 그건 두려움을 감추기 위한 행동이었다.

"촛불을 켜야겠어요."

워너와 달리 홉킨스의 목소리에는 기쁨과 자유가 느껴졌다. 워너는 이것이 홉킨스의 세계라는 생각이 들자 조금 전보다 더 큰 두려움이 밀려왔다. 바로 그때, 소형 배 위에 달려 있는 전등에 푸르스름한 빛이 들어왔다.

배 밖에는 하얀 기둥이 있었다. 사람 키만 한 기둥은 아래에서 위로 갈수록 날카로웠고 위아래가 교차하면서 울타리를 이뤘다. 가만 보니 대왕고래의 이빨이었다.

배와 맞닿은 표면은 꿈틀거리는 부드러운 늪과 같았고, 둥근 천장 같은 위쪽에는 커다란 골격으로 구성된 아치형 구조가 보였다. 늪의 지면과 위쪽에 있는 아치형 구조는 뒤로 경사져 있었고 어둡고 커다란 동굴 입구가 바로 앞에서 꿈틀거렸다. 고래의 목구멍이라는 걸 눈치 챈 워너는 신경이 날카로워졌는지 또다시 크게 웃기 시작했다. 목구멍 주변으로 축축한 안개가 파란 빛을 받으며 피어올라서인지 신화 속에 나오는 마귀 동굴 같았다.

배 안에 있는 작은 스크린에 바하마 제도와 마이애미의 지도가 나타났고 그 위에는 고래의 위치가 표시됐다. 워너가 가려는 곳이 바로 마이애미의 해안이었다.

"이제 항해가 시작됐습니다. 포세이돈의 속도라면 앞으로 다섯 시간 안에 도착할 수 있습니다."

워너는 최대한 걱정하는 표정을 감추고 말했다.

"여기서 질식해 죽는 건 아니겠지?"

"그럼요. 아까도 말했다시피 고래는 포유동물이기 때문에 산소호흡을 합니다. 그러니 여기는 산소가 충분해요. 여과 장치가 있어서 우리도 정상적으로 호흡할 수 있습니다."

"이봐, 피노키오. 이 악마 같으니! 어떻게 이걸 다 했지? 통제 전극과 컴퓨터를 이 놈 머리에 어떻게 달았느냐는 말이야."

"혼자서는 불가능합니다. 500리터 마취제의 힘을 빌려야 하죠. 원래 이건 몇십억 위안이 드는 군사 사업이었습니다. 저는 이 사업의 책임자였죠. 포세이돈은 미국 해군의 자산으로 다른 나라의 해안으로 간첩과 특수부대 대원을 몰래 침투시키는 임무를 담당했습니다. 저는 이밖에도 다른 여러 연구 사업을 이끌었습니다. 예를 들어, 돌고래나 상어의 대뇌에 전극을 심고 몸에 폭탄을 묶어서 제어 가능한 어뢰로 만들기도 했죠.

제가 이렇게 미국을 위해 많은 일을 했지만 국방 예산이 삭감됐다며 오히려 저를 해고시켰습니다. 그래서 연구원을 떠날 때 포세이돈도 함께 데려왔죠. 최근 몇 년 동안, 저와 이 녀석은 바다 여기저기를 떠돌고 있습니다."

"피노키오, 그렇다면 지금 자네는 고래와 이 일을 하는 게 도덕적으로나 윤리적으로…… 흠, 곤란한 건 없나? 물론 나 같은 사람이 도덕과 윤리를 말하는 게 우습게 보이겠지만 말이야. 남미의 정제 공장에 있는 화학자와 기술자들은 이 문제로 고민을 많이 하더군."

"저는 조금도 마음에 걸리는 게 없습니다. 인류는 이 순수한 동물을 더러운 전쟁에 이용하고 있어요. 그만큼 비도덕적이고 비윤리적인 건 없죠. 저는 국가와 군대를 위해 큰 기여를 했고 제가 갖고 싶은 걸 얻을 수 있는 자격이 있었지만 그들은 주지 않았어요. 그러니 제가 직접 손에 쥘 수밖에요."

"하하하! 맞아, 스스로 쟁취해야지! 하하하."

워너는 껄껄껄 웃다 갑자기 웃음을 뚝 멈췄다.

"이게 무슨 소리지?"

"포세이돈이 물을 뿜는 소립니다. 호흡을 하는 거죠. 배 안에 음파탐지기가 설치돼 있어서 외부의 모든 소리를 확대해 줍니다. 들어 보십시오."

웅웅 하는 소리에 물이 부딪히는 소리가 섞여 있었다. 그 소리는 커졌다 작아지더니 점점 사라졌다.

"포세이돈은 1만 톤급 유조선과 맞먹습니다."

잠시 후, 고래의 앞니가 서서히 움직이기 시작하더니 바닷물이 우르르 쏟아져 들어와 배를 덮쳤다. 홉킨스가 버튼을 누르니 스크린에 보이던 지도가 사라지고 복잡하게 생긴 파형이 나타났다. 고래의 뇌파였다.

"아, 포세이돈이 물고기 떼를 발견했습니다. 식사 시간입니다."

고래가 큰 입을 쩍 벌리자 깊은 바다의 칠흑처럼 어둡고 끝없는 심연이 펼쳐졌다. 이어서 갑자기 물고기 떼가 고래의 큰 입속으로 밀려들더니 배에 쿵쿵 부딪쳤다.

배에 타고 있던 두 사람 눈앞에 화려한 은빛 물고기 떼가 나타났다. 자기 운명을 모르는 물고기들은 그저 거대한 산호 동굴에 들어온 줄 아는 모양이었다.

탁탁탁 하는 소리와 함께 쏟아져 들어온 물고기 떼 너머로 희미하게 고래가 이빨을 다무는 모습이 보였지만 입은 여전히 열려 있었다. 이때 물 흐르는 소리가 울려 퍼지면서 물고기 떼가 거대한 이빨이 만든 울타리까지 밀려 나갔다.

이 광경을 본 워너는 입 안에 있던 바닷물이 입 밖으로 빠져나가고 있다는 걸 눈치챘다. 거대한 기압이 물고기 떼와 함께 들어온 바닷물을 밀어내고 있었다. 이어서 그의 눈앞에 신기한 광경이 펼쳐졌다. 입에서 생긴 큰 압력으로 바닷물이 모두 밖으로 사라지고 이빨에 걸린 물고기 떼만 남아 여기저기 팔딱팔딱 뛰었다.

그 다음에는 배 아래에 있는 부드러운 늪의 지면이 꿈틀거리더니 구불구불 물결 모양을 만들었다. 물고기 떼는 이 물결 모양을 따라 목구멍이 있는 뒤쪽으로 이동해 갔다. 워너는 대왕고래가 무엇을 하고 있는지 깨닫고는 두려움에 머리부터 발끝까지 소름이 쫙 끼쳤다.

홉킨스는 워너가 두려워한다는 것을 알고 안심시켰다.

"걱정 마십시오. 우리를 삼키지는 않을 겁니다. 이 녀석은 우리를 구분할 수 있어요. 우리가 입 속에 넣은 호박씨의 어느 부분이 씨고 껍질인지 아는 것처럼 말입니다. 이 녀석이 음식을 삼키는 데 배가 걸리적거리긴 하겠지만 이미 익숙해서 괜찮을 겁니다. 가끔 물고기 떼가 많으면 먹기 전에 배를 잠시 내뱉기도 하더군요."

워너는 안도의 숨을 내쉬었다. 다시 미친 듯이 웃고 싶었지만
더 이상 힘이 없어서 웃음이 나오지 않았다. 그는 그저 물고기
떼가 배 옆을 지나가는 모습을 멍하니 바라만 봤다. 2~3톤 쯤
되는 물고기 떼가 대왕고래 목구멍 안으로 사라질 때 산이 무너
지는 소리가 들렸다.

워너는 놀란 나머지 한참 동안 아무 말도 하지 못했다. 홉킨
스가 갑자기 워너를 툭툭 쳤다.

"노래 한 곡 들을래요?"

이어서 그는 음파탐지기의 음량을 높였다.

우르릉하는 소리가 들려왔다. 워너는 의아한 표정으로 홉킨
스를 쳐다봤다.

"이건 포세이돈이 노래하는 소리입니다. 고래의 노래죠."

워너는 끊어졌다 이어졌다 하는 나지막한 울림소리에서 조금
씩 박자를 느꼈고 곧이어 멜로디까지 들을 수 있었다.

"이 녀석 지금 뭐 하는 거지? 짝을 찾는 건가?"

"아니요. 해양과학자들이 고래의 노래를 오랫동안 연구했지
만 무슨 의미인지 아직까지 밝히지 못했어요."

"뭐 아무 의미 없겠지."

"정반대로 아주 깊은 의미가 담겨 있을 수도 있습니다. 우리가

알지 못하는 것뿐이에요. 과학자들은 음악 언어일 거라며 인간 언어로는 표현할 수 없는 무언가를 나타낸다고 보고 있습니다."

고래의 노래는 바다의 영혼이 부르는 노래였다. 그 노래에는 원시 바다에 내리치던 번개와 혼돈의 파도 속에서 태어난 생명들이 담겨 있었다. 또, 호기심과 두려움이 가득한 눈으로 세상을 바라보며 비늘 달린 발로 아직 식지 않은 화산섬에 발을 내디딘 동물의 첫 걸음이 담겨 있었다.

고래의 노래에는 춥고 건조한 기후에 멸망한 공룡 제국과 무수한 세월을 견디고 온화한 기후에 다시 태어난 작은 풀의 이야기가 담겨 있었다. 또, 유령처럼 대륙에 나타난 문명과 번개의 굉음 속에 바다 밑으로 가라앉은 아틀란티스의 이야기가 담겨 있었다. 그리고 전쟁으로 바다를 선홍빛 피로 물들인, 셀 수 없이 많은 제국의 탄생과 멸망이 담겨 있었다.

고래는 입 속에 머금고 있는 희미한 죄악은 조금도 느끼지 못한 채 상상도 하지 못할 만큼 오래된 기억을 더듬으며 생명의 노래를 하고 있었다.

예상치 못한 일

대왕고래는 한밤중이 돼서야 마이애미 해안에 도착했다. 이후에도 놀랄 정도로 모든 일이 순조롭게 진행됐다. 좌초를 피하기 위해 고래는 해안에서 200여 미터 떨어진 곳에 멈춰 섰다. 오늘따라 달빛이 밝아 숲이 선명하게 보였다. 인수자들이 간편한 잠수복을 입고 물건을 바닷가로 옮겼다. 그들은 호쾌하게 워너가 제시한 최고가를 주고 물건을 모두 사겠다는 약속도 했다.

30분 후, 두 손 가득 지폐 쥔 워너와 홉킨스는 귀환 길에 올랐다.

워너는 몹시 기분이 좋았다.

"정말 대단해, 피노키오! 이번 돈은 모두 자네에게 주겠어. 앞으로 생기는 수익은 적당한 비율로 나누자고. 자네는 백만장자가 됐어, 피노키오. 하하하! 앞으로 스무 번 넘게 움직이면 20여

톤을 모두 팔 수 있어.”

“그렇게 많이 움직이지는 못합니다. 대신 한 번에 2, 3톤씩 싣고 가도록 개조해 보죠.”

“하하하! 좋았어, 피노키오!”

바다 속 고요한 여정 속에 워너는 잠이 들었다. 얼마나 지났을까 홉킨스가 그를 흔들어 깨웠다. 작은 스크린에 뜬 지도와 항적을 보니 이미 절반 이상을 순조롭게 왔다. 워너는 홉킨스가 왜 자신을 깨웠는지 영문을 알 수 없었다.

그때 홉킨스가 워너에게 귀를 기울이고 소리를 들으라고 했다. 가만 들으니 해수면에서 뱃소리가 들려왔다. 워너는 항해하면서 들었던 익숙한 소리에 민감하게 반응하는 홉킨스가 이상하게 느껴졌다. 그런데 계속해서 들어 보니 어딘가 전과 다른 데가 있었다. 이번에 들리는 소리는 크기에 변화가 없었다.

낯선 배가 고래를 따라오고 있었다.

“얼마나 됐지?”

“30분 정도 됐어요. 그 사이 여러 번 운행 방향을 바꿔 봤어요.”

“무슨 일인 거야? 해안경찰 순찰함은 고래에 중성미자 스캔을 못 하잖아.”

“스캔해도 상관없어요. 지금은 마약이 없잖아요.”

"그렇지. 우리를 잡으려 했으면 마이애미가 더 편했을 텐데. 지금까지 때를 기다릴 필요는 없잖아?"

워너는 영문을 모른 채 스크린에 뜬 지도를 봤다. 두 사람은 플로리다해협을 지나 쿠바 근처에 있었다.

"포세이돈이 숨을 쉴 때가 돼서 잠시 바다 밖으로 나가야 해요. 십여 초면 충분해요."

워너는 리모컨을 든 홉킨스를 보고 천천히 고개를 끄덕였다. 홉킨스가 리모컨 버튼을 누르자 대왕고래가 떠올랐다. 바다 위로 떠오른 고래 주변으로 파도 소리가 이어졌다.

그런데 그 순간 갑자기 퍽 하는 소리와 함께 배에 진동이 전해졌다. 이어서 같은 소리가 또 들렸다. 고래에서 전해지는 진동은 어마어마하게 컸다. 배는 고래 입에서 뒹굴뒹굴 구르다 거대한 이빨에 쿵 하고 세게 부딪혔다. 워너와 홉킨스는 순간 정신을 잃을 뻔했다.

"저 배가 우리에게 발포했어요!"

홉킨스가 놀라 소리쳤다. 그는 있는 힘껏 고래를 진정시키면서 잠수하라고 명령을 내렸지만 고래는 따르지 않고 목적지를 잃은 채 날뛰었다. 홉킨스는 고래의 거대한 몸에서 울리는 떨림을 느꼈다. 그것은 고통의 떨림이었다.

워너가 소리쳤다.

"어서 여기서 나가자. 지금이 아니면 늦어!"

홉킨스는 고래에게 배를 뱉으라는 명령을 내렸다. 고래가 이번 명령에는 따랐다. 배가 고래 입에서 엄청난 속도로 빠져나와 바다 위에 붕 떴다.

두 사람은 대서양에 떠오른 햇살에 두 눈을 지그시 감았다. 그러나 햇살을 느낄 새도 없이 바닷물이 두 다리까지 차올랐다. 고래 이빨에 세게 부딪히면서 생긴 틈으로 바닷물이 몰려들었다.

두 사람은 심하게 찌그러진 배에서 빠져나오려고 안간힘을 쓰며 문을 밀었지만 역부족이었다. 이어서 돈 가방에 들어 있는 현금으로 배에 난 틈을 틀어막으려 했지만 그 역시 헛수고였다. 바닷물이 계속 밀려들어 어느새 가슴까지 찼다.

배가 가라앉으려던 순간, 홉킨스의 눈에 그 낯선 배가 들어왔다. 거대한 배였다. 뱃머리에 달린 이상한 포구에서 번쩍 불이 붙더니 화살 모양의 줄이 달린 포탄이 발버둥 치는 고래의 등을 가격했다. 대왕고래는 마지막 사력을 다해 바다 위에 큰 파도를 만들었다. 그리고 곧 고래의 피 때문에 바다가 붉게 물들었다. 두 사람이 탄 배도 고래의 선홍빛 핏속으로 서서히 가라앉았다.

물이 턱까지 찼을 때쯤 워너가 물었다.

"누가 이런 짓을 한 거지?"

"고래잡이배입니다."

"하하하! 이런, 이럴 수가. 하하하!"

워너는 미친 사람처럼 마구 웃었다.

"국제 협약으로 5년 전에 고래잡이를 전면 금지했는데, 이런 개자식들!"

홉킨스는 욕을 퍼부었다.

"하하하! 그들은 전혀 윤리적이거나 도덕적이지 않아. 하하하! 사회가 그들에게 기회를 주지 않으니 그들 스스로 쟁취해야지. 하하하! 스스로 잡아야 하는 거지."

워너는 계속해서 웃어 댔다.

배의 모든 부분이 바닷물에 잠겼다. 워너와 홉킨스는 남아 있는 의식을 붙잡고 포세이돈이 부르는 장엄한 노래를 들었다. 생명의 마지막 순간에 들리는 노랫소리는 핏빛 바다를 건너 대서양에 오래도록 메아리쳤다.

이번 권에는 세계의 기원과 물질 구성, 세계의 운행 방법과 구조, 석탄 가스화에서 생물 보호까지 여러 과학 지식이 풍부하게 담겨 있다.

우선 두 번째 이야기인 「땅불」부터 살펴보자. 최근 한 공식 행사장에서 류츠신이 자신의 아버지에 관해 언급하는 이야기를 들었다. 류츠신의 아버지는 석탄 광산에서 일하다 먼지 때문에 병으로 작고하셨다. 비록 류츠신에게 직접 확인하지 못했지만 이 이야기는 류츠신이 어릴 적 꿈꾸던 이상을 그리지 않았나 생각한다.

류신이라는 주인공의 이름이 류츠신에서 가운데 글자만 뺀 것이어서 더 설득력 있게 느껴진다. 류츠신이 하던 일도 이야기 속 류신이 하던 일과 비슷하다. 비록 류츠신은 컴퓨터 기사이기 때문에 석탄 기체화와는 거리가 멀었겠지만 그것이 그의 진정한 꿈이었을지도 모른다. 그렇다면 류츠신의 꿈은 소설처럼 120년 후에 실현될 수도 있지 않을까.

첫 번째 이야기인 「위안위안의 비눗방울」은 류츠신 SF의 예견적인 요소를 잘 담고 있다. 이 소설이 발표되던 당시에는 그래핀이 발견되지 않았다. 심지어 그래핀과 유사한 개념도 없을 때였다.

그렇다면 그래핀이란 무엇인가? 우선 연필을 생각해 보자. 연필심은 흑연으로 만든다. 연필로 쓴 글자는 흑연이 종이에 남긴 가늘고 얇은 흔적이다. 아마도 얇은 흑연을 몇 층의 원자만 남겨 육안으로 보이지 않게 만들 수 있다는 것을 생각해 본 사람은 없을 것이다.

그런데 2004년, 영국에서 연구하던 러시아 물리학자 두 명이 원자 한 개의 두께로 이뤄진 얇은 막의 흑연을 만들어 냈다. 이것이 바로 그래핀이다. 이 그래핀은 투명하고 빛이 98퍼센트 통과하는 신기한 구조로 이뤄졌다. 또한 비록 한 층의 막이지만 질기고 단단해서 그래핀 몇 개만 있으면 고양이 한 마리를 싸맬 수 있었다.

그래핀에서 탄소 원자는 육각형 구조의 탄소 원자 한 층으로 배열된 특수한 구조의 흑연이다. 실제로 탄소 원자는 지구상에서 가장 이상한 원소다. 흑연으로도 존재할 수 있고 다이아몬드로도 존재할 수 있기 때문이다. 만약 그래핀을 나노 크기로 말면 탄소 나노 튜브를 만들 수 있다. 또한 탄소는 탄수화물의 주요 원소인데 탄수화물이 없으면 지구상의 생물은 존재할 수 없다.

「위안위안의 비눗방울」에 나오는 비눗방울은 그래핀보다 더 신기한 물체다. 이야기 속 비눗방울은 무조건 크고 가벼워야 한다. 그렇지 않으면 많은 물을 감당할 수 없다. 그래핀은 이 소설에 나오는 비눗방울과 비슷하지만 비눗방울만큼 크고 강하지 않다.

미래의 어느 날, 우리도 위안위안의 비눗방울을 불 날이 오지 않을까? 만약 그것이 가능하다면 더 다양한 곳에 기술을 활용할 수 있다. 예를 들어, 소설처럼 사막의 생태계를 바꿀 커다란 비눗방울을 만들 수도 있고, 이 신기한 소재로 만능 휴대폰을 제조할 수도 있다. 아마도 이것이 실현되면 지금 사용하는 스마트폰을 대체할 수 있을 것이다.

또 다른 예를 생각해 보자. 이 소재의 경도를 바꿀 수 있다면 휴대전화가 필요 없을 때는 접어서 지갑이나 주머니에 넣고 다닐 수 있다. 그러다 필요하면 베개, 침대, 책상 등 우리가 원하는 모양으로 만들 수 있고 심지어 자동차 모양으로도 만들 수 있다. 어릴 적 나 역시도 이와 비슷한 SF를 본 적이 있다. 그러나 당시에는 그래핀이나 탄소 나노 튜브와 같은 개념들이 전혀 존재하지 않을 때였다.

이번 권에서 첫 번째와 두 번째 이야기는 물리학, 화학과 관련이 깊으면서도 우리의 일상생활에서 쉽게 만날 수 있는 소재와 에너지를 다루고 있다. 개인적으로 이러한 현상을 미시와 거시 사이의 과학이라는 의미로 '중시 과학'이라고 부른다. 물론 물리학의 중시는 내가 말하는 중시와 달리 일상생활에서 볼 수 있는 크기보다 훨씬 작다. 그래서 보이지 않는 나노미터와 볼 수 있는 밀리미터의 중간이라고 보면 된다.

나머지 소설에서는 미시와 거시를 다루고 있다. 내가 말하는 거시는 일반적인 의미에서 육안으로 볼 수 있는 것이 아닌 우주를 기준으로 세상에서 가장 큰 규모를 말한다.

우주는 얼마나 클까? 과학자들이 각종 기기로 측정해 본 결과 우주의 최대 반경은 400억 광년 이상이라고 한다. 1광년은 빛이 1년을 간 거리로 약 10조 킬로미터에 해당한다. 그러니 우주의 거대한 규모는 우리가 상상할 수 있는 수준이 아니다.

그렇다면 미시는 얼마나 작은가? 원자보다 더 작은 크기를 말한다. 원자 하나는 1나노미터에서 십분의 일 나노미터 사이다. 과학자들이 연구할 수 있는 최소 크기는 원자보다 매우 작다. 현재까지 이 크기는 원자의 십억 분의 일이다. 예를 들어 쿼크 같은 기본 입자는 이 크기와 비교해서 표현하자면 점의 입자에 해당한다.

이 책의 네 번째 이야기인 「미시 세계의 끝」에서 우리는 서양의 물리학자와 동양의 물리학자가 미시에 대해 어떠한 입장을 보이고 있는지 알 수 있다. 우선 서양의 물리학자인 존스는 원자핵보다 훨씬 작은 크기로 줄더라도 쿼크는 쿼크라고 주장했다. 다시 말해서 쿼크는 기본적으로 점상이라고 봤다.

동양 물리학자 딩의 교수는 쿼크는 점상이 아니며 더 기본적인 입자가 있다고 생각했다. 그러나 이야기에서는 실험을 통해 그들 모두 틀렸다는 게 밝혀졌다. 미시의 끝에 이르면 거시 우주가 나타났다. 즉, 거시를 거꾸로 돌리면 미시가 되고 미시를 거꾸로 돌리면 거시가 됐다. 우주는 슈퍼 에너지의 극한에서 원래대로 돌아왔다.

다섯 번째 이야기인 「붕괴」는 스티븐 호킹 박사가 20세기 어느 시기에 밝힌 관점에 영향을 받은 것 같기도 하고 류츠신의 독립적인 상상인 것도 같다. 이야기에서는 미래의 어느 순간에 우주는 수축하기 시작하며 이때가 되면 시간은 거꾸로 흐른다고 한다. 여기서 알아둘 점은 이러한 현상은 일어나지 않는다는 것이다. 그 이유는 열역학 제2 법칙에 위반되기 때문이다.

깨진 유리병은 다시 원래 모습 그대로 돌아올 수 없고, 엎지른 물은 다시 담을 수 없다. 우주가 미래 어느 순간에 정말 수축한다 하더라도 이러한 현상은 일어나지 않으며 시간도 역행하지 않는다. 이것은 물리학의 철칙이다. 호킹 박사는 훗날 자신이 유치한 오류를 범했다고 인정했다.

미시와 거시 사이의 관계도 마찬가지로 신비하다. 그렇다면 시간 여행은 가능할까? 수많은 소설과 영화에서 이 문제를 다루고 있다. 세 번째 이야기인 「달밤」은 이 문제를 다루고 있다. 이 소설은 상당히 독특하다. 특히 이 소설을 읽으면서 영화 〈터미네이터 5〉의 일부 줄거리가 떠올랐다. 그 영화에서도 미래의 사람이 타임머신을 타고 과거로 돌아와 미래를 바꾸려고 한다.

옮긴이 김지은

중앙대학교 국제대학원 전문통번역학과 한중과를 졸업했다. 주요 국제회의에서 동시통역사로 활동 중이며, 출판 기획 및 중국어 전문 번역가로도 활동하고 있다. 옮긴 책으로는 『류샤오보 중국을 말하다』『지구 어디쯤, 처음 만난 식탁』『사랑을 권함』『마음, 그림에 담다』『최고의 인재를 키우는 베이징대 수신학』『조조에게 배우는 경영의 기술』『북경대 품성학 강의』『홀리첸의 마케팅 비밀코드』『꼬아본 삼국지 캐릭터』『제갈량의 계자서』등 다수가 있다.

미래세계 구출

© 류츠신, 2019

초판 1쇄 발행일 2019년 2월 28일
초판 3쇄 발행일 2021년 2월 26일

지은이   류츠신
옮긴이   김지은
펴낸이   정은영
편집   김정택 최성휘
마케팅   이재욱 최금순 오세미 김하은
제작   홍동근

펴낸곳   (주)자음과모음
출판등록   2001년 11월 28일 제2001-000259호
주소   04047 서울 마포구 양화로6길 49
전화   편집부 02) 324-2347 경영지원부 02) 325-6047
팩스   편집부 02) 324-2348 경영지원부 02) 2648-1311
E-mail   jamoteen@jamobook.com

ISBN   978-89-544-3969-5 (44820)
           978-89-544-3968-8 (set)